SHANGHAI LITERATURE & ART PUBLISHING GROUP

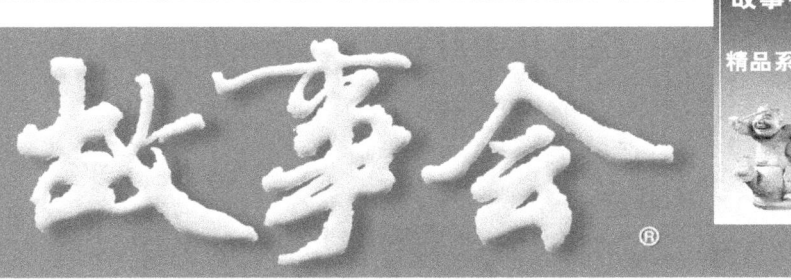

故事会
精品系列

谈古说今

I0517145

上海锦绣文章出版社
上海故事会文化传媒有限公司

上海文艺出版（集团）有限公司

**图书在版编目（CIP）数据**

谈古说今 《故事会》编辑部编 - 上海：上海锦绣文章出版社
（故事会精品系列） ISBN 978-7-5452-1077-4

Ⅰ．①谈…Ⅱ．①故…Ⅲ．①故事 作品集 中国 当代 Ⅳ．I247.8

中国版本图书馆 CIP 数据核字 (2012) 第 051345 号

丛 书 名：故事会精品系列

书 名：谈古说今

主 编：何承伟

编 委：何承伟 吴 伦 姚自豪 夏一鸣


责任编辑：刘迎曦 鲍 放

装帧设计：王 伟

责任督印：张 凯


出 版： 上海锦绣文章出版社

上海故事会文化传媒有限公司

POD 海外发行： 中国图书进出口上海公司

电话：021－36357888

传真：021－36357896

地址：上海市虹口区广中路 88 号

邮编：200083

# 目　　录

## 灵机一动

## 云涌江湖

## 因果怪谈

# 扑 朔 迷 离

一桩离奇案,几代啼血心。扑朔迷离的案情背后,隐藏得更深的,是人心。

县官巧治假善人

　　从前，有个富人，能说会道，就是不干好事。有一回，因为他老是骚扰邻家寡妇，寡妇忍无可忍，便央求小叔子到县衙去把这富人给告了。

　　县官久闻富人大名，接下状子，便差衙役去把他叫来。

　　富人自以为有钱，到了公堂上一点儿也不在乎，耍起嘴皮子来竟是那么顺溜："天啊，天乎！真是行好不得好啊！十里八村的，谁不知道我乐善好施啊？我见她寡嫂日子艰难，时时想着去接济她些，谁知她小叔子就因为想多占我一墙宅基地没得逞，竟不顾亡兄寡嫂的名誉来诬告我。唉，也罢，就请大老爷判我个输吧，我愿意背这黑锅。她寡嫂本来就活得够难的了，再经不起风风雨雨了啊！"

寡妇的小叔子十分老实巴交,在大堂上被富人这一闹,心里又生气又紧张,竟张口结舌说不出一句话来。

县官看在眼里,一拍惊堂木,对小叔子说:"大胆刁民,竟敢到老爷我的大堂上来无理取闹?哼,我本该打你四十大板,姑念你初犯,就对你从轻处置吧!现在,罚你去市上雇头驴来听用。"

话罢,县官回头朝富人嘻嘻一笑,说:"富而好施,真善人也!以往,我常感处理案子越来越难,不料今天遇上你这位大善人,为了一个寡妇的名誉,竟然愿意自背黑锅。既是这样,那就请你先别忙着走。"

县官说到这里,扭头吩咐左右:"来人,给这位大善人看座!我要请他帮我一起审案。"

富人于是便在县官公案旁坐了下来,他看看堂下肃立两边的衙役,看看身后那块"明镜高悬"的匾额,心里那个得意呀!

这工夫,大堂上来了一对打官司的。

原告脸羞得通红,对县官说:"老爷,真不好意思,我不得不把我的好朋友给告了,因为他欠我三十两银子,三年了,可至今本利都没还。其实这银子我原本没准备要,可眼下家里实在穷得揭不开锅,我还有一个八十岁的老母要奉养,我……我……"

原告话没说完,被被告打断了。

被告安慰原告说:"这不怪你,是我不好,是我太不够朋友。唉……"

被告朝县官重重地叹了一口气,说:"老爷,不是我想赖这银子,我也是实在没办法了,两个孩子都……眼看都快要饿死了……"

县官还真是第一次碰上这么一对来打官司的:一个不得不要,一个却实在是有心无力。这案子该怎么判呢?判谁输都不解决问题呀!

县官捻着胡子想了老大一会儿,猛一拍桌子,哈哈大笑道:

"有了! 有了!"

他扭头对坐在公案旁的富人说:"善人哪,我看就不如由你来行善,成全他们的交情,如何?"

富人有心不答应,可此时他怎么说得出口呢? 只好忍痛道:"好好好,我这就回去拿银子。"

县官说:"区区小事,何必劳善人亲自跑一趟? 再说,我也还有仰仗你的地方,你不忙走。"

富人一听县官这话,心里直嘀咕:"你还……还要我做什么?"

只听县官吩咐公差:"去,快拿笔墨伺候,让大善人写封信,你拿上,去他家取六十两银子来。"

富人猛一惊,指着被告说:"他不是……不是只欠三十两吗?"

县官笑了:"你没见他俩都穷吗?"

随即,县官扭头朝堂下喊道:"下一个!"

紧接着的这一个案子,是老太太告儿子不孝的。

县官看罢状纸,对儿子大怒道:"你母亲十月怀胎,二十年含辛茹苦把你拉扯大,你不思报恩,还虐待她老人家,真是禽兽不如。来人呀,给我重打四十!"

县官这话音一落,儿子没怎么,老太太倒着了慌,急着跪地求饶:"老爷,我儿子虽然对我不孝,可板子落在他身上,却疼在我心里呀!"

县官看着老太太,说:"那就不打了吧?"

老太太却又发了愣:"不打我又气得慌,只怕会气出病来呀!"

县官一捻胡子,朝富人望了一眼。

富人马上条件反射般的跳起来:"不行,这可不行!"

县官笑道:"怎么不行? 你替她儿子挨四十大板,上可以惩忤逆、挽世风,下可以成全慈母的一片舐犊之情,真乃一大善举也!"

县官说完,便不由分说地立刻让衙役揍富人四十大板,然后对富人说:"人都说公门之中好修行,我这里积案如山,正是修行的好机会,你不如都将它们一一给我了结了吧?"

富人这才明白,县官刚才说什么"仰仗",原来看中的是自己的银子和屁股啊!他不知道接下去还会是什么案子,拿钱挨板子还好说,替人断胳膊、掉脑袋怎么受得了?

富人只好"扑通"朝县官跪下来:"老爷饶命!老爷饶命!小的再也不敢骚扰良家妇女,再也不敢耍嘴皮子了。"

县官点头道:"那好,你挨了板子,路也走不动了,老爷我体恤民情,刚才那个小叔子牵来的驴,就给你骑回去吧。不过,这钱你可不能让他出喔!"

"什么?这驴原来竟是给我准备的?"富人顿时傻了眼。

只听县官在吩咐小叔子:"善人挨板子是为了做好事,所以回去路上他骑着驴,你要牵着慢慢走。还有,老爷我再给你一面锣,你要沿途鸣锣开道,好好说说善人的善举。记住了吗?"

富人在旁边听了,哭笑不得。


以恶治恶,恐怕欲速则不达;以善治恶,又恐纵容恶的泛滥。于是当代社会的法治精神,则以相对公平、公正的方式,规约了扬善惩恶的具体形态。

（张东兴　改编）

（**题图：**蔡解强）

# 钱多通神

古时,江州有一个财主,叫金仁,家有良田千亩,金银无数,为江州首富。

金仁心黑手辣,横行乡里,老百姓无不对他恨之入骨。有个年轻的书生,叫吴志,早就立下誓言:"如果我能为判使官,必先惩金仁,以平民愤。"没想几年后,这个吴志果然高中,当上了判使官,他上任后的第一件事,便就是拿金仁开刀。

金仁对吴志此举早有耳闻,知道这下没自己好果子吃了,于是见了吴志就跪倒在地,磕头讨饶:"求大人饶恕,小的有罪,小的罪该万死!"

吴志瞥一眼金仁,说:"既然你说有罪,那好,你把自己的罪行从实招来,以求得本官宽大。"

金仁一听连连叩头:"小的愿招,愿招。"他于是便从头说起,什么时候,什么地方,自己做了什么坏事,一件一件,说得清清楚楚。

可金仁说得越清楚,吴志心里却越疑惑:哪有贼会如此不打自招的? 看来其中必有文章。他朝金仁一瞪眼:"你的交代可有诈?"

金仁的头摇得像拨浪鼓:"小的不敢。请大人明察,明察!"

吴志想了一下,说:"这样吧,你先回去,把刚才说的这些罪行写来给我看看。"说罢,他将金仁放回了家。

第二天早上,吴志起床,发现自己书房案上放有一帖,上写:钱三万贯,随罪并呈,望大人贵手高抬,不问此案。

吴志一看大怒,立即召来金仁,训斥道:"你明明罪不能赦,居然还想收买本官?"

他喝令手下:"来人呀,给我将他重打五十大板! 让他快快交出罪状来!"

可没想,如此过后,第二天早上,吴志在书房案上又发现一帖,一看,上面还是那几句话,只不过钱从三万变成了五万:钱五万贯,随罪并呈,望大人贵手高抬,不问此案。

吴志此时真是气不打一处来:这个姓金的家伙真是吃了豹子胆了,竟敢一而再地收买本官。他一声喝令,让传下话去,限金仁两天之内把所有罪行都交代清楚,否则绝不轻饶。

可让吴志万万料想不到的是,第三天早上,他书房案上照旧放着一帖,钱从五万变成了十万:钱十万贯,随罪并呈,望大人贵手高抬,不问此案。

但出人意料的是,这次吴志看完帖却脸色大变,脸上一阵红一阵白,浑身发抖,额上直冒冷汗。他长叹一声,重重地跌坐在椅子上,而后便把这十万贯收了起来。

夫人见他这么做大惑不解,问他:"老爷,你既然恨透了这个姓金的,发誓若当上判使官,必先办了他,怎么如今有了办他的机会,却反而无声息了呢? 前两次他给你送钱,你都怒而不收,可今日却见钱色变,如大病在身,这究竟是为何原因呀?"

吴志朝夫人摆摆手,一声长叹:"夫人,你有所不知,三万、五万贯一般,但若是上了十万,这钱便能通神了,这时候我若不收,那姓金的便会用这钱去买通上官,到那时我命将休矣……"

时过境迁,"有钱能使鬼推磨"的影响力依然经久不衰。但钱多一定通神吗? 不见得,健康、快乐、感情……太多太多的东西,都是无法拿金钱来衡量的。现代社会流行这样一句话:"钱不是万能的,但没有钱却是万万不能的。"如何树立健康的金钱观,不仅需要社会的舆论导向,也需要每一个人的自觉自省。

(张英铎)

(**题图**:蔡解强)

一片梧桐叶

明朝永乐年间,处州城里有户李姓人家。

这天,婆婆带着孙女春梅去风云山菩提寺烧香,回来已经后半夜了。婆孙俩刚踏进家门,突然就有两个蒙面人闯进来,把春梅的嘴塞住,抱起就走。

婆婆年老体弱,哪里追赶得及,呼天抢地也没能把孙女抢回来。听说刚上任的按察使方史正正在处州巡视,婆婆当夜就去报官,请求查办此案。

方史正接了案子后,立刻派属下捕役四出侦查。可日子一天天过去了,侦查却毫无结果。

这天,方史正照例一大早在院子里练功,一套武当拳下来,热得汗流浃背,于是他便坐在梧桐树下擦汗休息。方史正心里想着:立秋都过了,怎么天气还这么热?

正巧这时,一片梧桐叶从树上掉下来,落在方史正的头上,旁边书吏看见了,赶紧上前替方史正拿掉。方史正随口问了他一句:"南方的梧桐树这么早就开始落叶了吗?"

书吏摇摇头,对方史正说:"回大人,南方的天气比北方冷得迟,按理梧桐树的叶子不会这么早就掉的。可据我所知,这棵梧桐树是今年春天才移栽过来的,可能是树根还没有扎稳,水分不够,所以才这么早就落叶了。"

书吏以为自己回答得头头是道,可旁边一个捕役却反驳他说:"你讲的不全有道理,我前几天看到一棵梧桐树,那树上的叶子已经掉一半了。"

方史正一听,不觉来了兴趣:"真有这样的事?"

捕役说:"大人,小的不敢乱说。小的前天到风云山菩提寺去办差,就见寺院里的一棵梧桐树,叶子已经掉一半了。"

方史正脑子一转,决定马上去菩提寺进香。

菩提寺的当家和尚法元一看按察使方史正来进香,自然小心翼翼地在一旁陪着。

在院子里,方史正注意到了捕役说的那棵已经掉了一半叶子的梧桐树,不由叹息道:"好一棵梧桐树啊,长得这么粗壮,怎么刚入秋叶子就掉了大半?"

法元和尚给方史正解释说:"阿弥陀佛!回大人,这棵树每年一入秋就落叶,老僧也不明白其中的道理。"

方史正追着问:"会不会是因为地下水分不足的缘故呢?"

法元和尚点点头,说:"大人高见!老僧想,可能就是这个原因吧。"

"既然如此,"方史正一摆手,"那就让我来帮长老把这棵梧桐树移栽到水分充足的地方去,以后别让它每年这么早就开始落叶了。"

　　"阿弥陀佛！"法元和尚一听方史正这么说，急得连连摆手，"这种粗活哪敢惊动大人啊，改日老僧定当把它移走，现在还是请大人去尝尝小寺的素斋吧！"

　　可方史正不依，坚持道："长老不必客气，今日我就想干点粗活，也好借此机会练练筋骨。来人哪！"

　　方史正一声令下，事先就已经带了工具在寺外等候的捕役们，立刻应声而入。

　　法元和尚一看，脸吓得灰白。

　　果然，这棵梧桐树被挖倒之后，树下出现了春梅的尸体。

　　案子很快就破了，法元和尚指使他的弟子强掠春梅到菩提寺，做下坏事后又把春梅给杀了。法元和尚自以为这事做得天衣无缝，却不料梧桐树上的落叶暴露了他的罪迹。


　　俗话说"观一叶而知秋"，丰富的自然常识和敏锐的观察力，是塑造一个人判断能力的基础。同样，面对一个迷雾重重的案情时，从挖掘不同寻常的细节入手，恐怕是另辟蹊径的关键。

（冯雄力）

（题图：黄全昌）

# 雪野惊魂

　　清朝有个叫吕留良的,是嘉兴石门集贤村人,写得一手好诗。谁想死了四十多年之后,不知怎么,他的诗被雍正皇帝读着了,认为是触犯朝廷,于是龙颜大怒,即刻下旨要对他剖棺戮尸。

　　这天清晨,石门知县陈铎还在熟睡中,嘉兴府尹李卫就奉旨带着二十个张弓佩剑的武弁赶到县衙。陈知县一听书吏来报,吓得浑身发抖,匆匆起身,穿戴起衣帽,飞奔到大堂,当即调集精壮衙役,还特地叫上都头捕快冯小青,和李府尹的人马一起上路,直扑县城以西二十里外的集贤村墓园。

　　此时天空阴霾密布,寒风瑟瑟,细雨中夹着片片雪花,一行人在乡间的泥泞小路上足足走了两个多时辰,才赶到集贤村墓园。

　　墓园在一片竹林旁,竹林前还有一条小河,河上架着一顶木板小桥。李府尹和陈知县带着一行人马拥过小桥,进得墓园,一看,这里不但葬着吕留良,他大儿子吕葆中的坟也紧挨着。

　　李府尹心里叫一声:"好哇,索性把这父子俩的坟一起端了,去回禀皇上!"于是,他眼也不眨,大喝一声:"开挖!"

　　那帮武弁衙役立刻就发起威来,纷纷扬起铁锹、齿耙,朝坟头砸了下去。没一会儿,吕留良父子的坟冢就被扒开,露出两具已经窝了的朱漆棺材,只稍稍一碰,棺木就纷纷脱落下来。

　　李府尹和陈知县伸长了脖子正要朝棺里看,猛听得这时候墓园旁边的竹林里,"啊"地传出一声悲号,竹林里的鸟随即都"扑腾腾"惊飞起来。是谁? 一班人无不惊疑万分。

　　陈知县手下的都头捕快冯小青正要冲过去,突然又听"哎哟"一声惨叫,回头一看,那个刚才被李府尹派守在墓园门口的武弁已经仰面倒地,一支袖箭正插在他的面门上。

　　墓园里顿时一片大乱。

　　原先,李府尹和陈知县都以为剖棺戮尸只不过是对死人开刀,根本没防备什么,想不到现在竟会出这等事情,也吃不准来者是谁,为何原因。反正今天看来是凶多吉少,所以两人吓得浑身打战,惊颤颤地叫着:"抓,快抓刺客!"

　　吓破了胆的兵丁们吃不准是怎么回事,又不敢违抗命令,只好战战兢兢地操着兵器,壮起胆子往竹林里搜索。

　　一个衙役眼尖,突然看见有个娇小的身影"倏"一下跃过竹林前的小河,向他们来的方向蹿去,就立即喊起来:"快,刺客在这儿!"

　　兵丁们嚷嚷着要追,冯小青一个箭步冲过去,急着问:"哪里? 刺客在哪里?"可待那个喊"有刺客"的衙役再揉揉眼睛细看时,那娇小的身影已经消失得无影无踪。

　　惊魂未定的李府尹于是赶紧命令兵丁们取下吕氏父子的头

骨,用绳子提着,然后掀翻棺底,把死者的遗骸骨抛得遍地都是。

干完这一切,已近黄昏,一干人便跌跌撞撞地赶回县衙。陈知县吩咐书吏去菜馆订几桌酒菜,准备招待李府尹和他的手下,却被李府尹拦住了。

李府尹长吁了口气,交代陈知县说:"本府督办之差已了,吕贼父子的头骨就交于你了。明日一早,你将他们拿到城门口示众,三日之后亲押省城,面呈督抚验审。今日发生此等事情,你尤须小心才是。"说完,赶紧滑脚走人。

李府尹滑头了事,陈知县心知肚明,但李府尹是他的顶头上司,他自然无话可说。

陈知县想了想,传来冯小青,交待说:"看护逆贼头骨之事就交于你,此事干系你我性命,千万小心看好,事成之后,我自会好生赏你。"

冯小青点点头,说:"大人请放心,小的自会安顿此事,断不会有半点闪失。"

冯小青拎着吕氏父子的头骨,叫齐了自己手下一班弟兄,说:"大家一定记得白天墓园里闹人影的事儿,想来此人断不是无能之辈,所以这三天大家看护都须特别小心。至于这头骨到底放哪儿,我倒有个去处,咱们不如就放在孔庙文壁巽塔高头,那地方纵有飞天本事也难上去,大家只要在下面轮值看守就行。老爷刚才说了,事成之后必有重赏,大家就辛苦守着这三天吧!"

弟兄们都觉得冯小青的办法好,于是当下就把头骨送上高头安放好。随后,冯小青把弟兄们四人一班轮值的事排定下来,为了犒劳大家,还叫来酒菜,让大家美美饱撮了一顿。

再说陈知县,把看守头骨之事一应交待给了冯小青之后,虽说安歇下来,可想起白天墓园里闹黑影的情景,一颗心还是止不住"怦怦怦"地跳。当夜,他不敢深睡,第二天天才蒙蒙亮,就连忙起身了。

陈知县正待漱洗，没想冯小青不待通报就神色慌张地闯了进来。陈知县一看就知情况有异，脸上顿时就"刷"地白了："你……"

冯小青哆嗦着身子说："老爷，不好了，不见……头骨不见了！"

陈知县一听，险些栽倒在地，冯小青眼疾手快一把将他扶住。

陈知县翻着白眼，抖抖地说："你……你且给我说……说清楚！"

冯小青哭丧着脸说："那头骨昨天分明是我自己亲手放上去的，后来因为老母病重，心里实在放不下，安排了弟兄们值夜后，看看平安无事，就抓紧回了趟家。谁知凌晨才五更时分，赶回庙里爬上去一看，就发现头骨没了踪影……"

陈知县急得连连跺脚："这可如何是好？这可如何是好？"

陈知县急得六神无主，但他怎么也不会想到，拿走吕氏父子头骨的其实不是别人，正是冯小青自己。

昨晚，就在陈知县交待冯小青看护头骨的时候，县城东郊吕留良被查封的故居"友芳楼"廊下，一个二十多岁一身练武人装束的姑娘，正呆呆地坐在那里垂泪，她便是吕留良的孙女、吕葆中的女儿吕四娘。

吕四娘从小聪慧过人，拜在峨眉高师门下，习得一手飞剑绝技。在得知雍正下旨要对先祖剖棺戮尸后，她日夜兼程从异乡赶回，打算抢在朝廷人马到达之前，把先祖遗骸悄悄挖起另葬，却不料迟了一步，只得暂且躲进墓园旁边的竹林，想伺机再作打算。可当亲眼看到先祖坟茔被挖、棺椁被砸时，她再也忍不住心头的悲愤，一声长号暴露了影踪。看看墓园里官兵甚众，她怕反而误了自己另葬先祖的大事，只好当机立断射倒把守墓园的武弁,先行退了出来,直到这帮兵丁衙役都撤走了,才泪流满面地返回墓园,把先祖遗骸仔细收拾起来,打成包裹,然后悄悄赶回县城故居友芳楼。

吕四娘从后院翻墙入内,进屋一看,门窗紧闭,蛛网尘封,触景生情,她禁不住失声痛哭,想想自己虽然已把先祖遗骸收拢了来,可他们的头骨还没取回,若不趁今晚设法盗出,只怕以后再没机会,于是一抹泪水,整整衣衫,提起手里的宝剑就要翻身跳窗去县衙。就在这时,她瞥见庭院里一条黑影掠过,猛吃了一惊,连忙缩回身子,屏息凝神盯着窗外。

不料那黑影在窗前停住了,压低了嗓门小声唤她:"四姑娘,四姑娘!"

吕四娘一怔,悄悄朝窗外看去,觉得这张脸好生面熟,可到底是谁,一时又想不起来。

"四姑娘,我是冯叔,小时候抱过你的!"那人隔着窗纸低声解释。

吕四娘这才恍惚记起,他是父亲生前好友冯小青,在县衙做捕快的。可是现在,他来这里做什么?他又是怎么知道自己在这里的?吕四娘心存狐疑,不敢贸然应声。

"四姑娘,你看,我把令祖令尊的头骨带来了,你小心收好。此地我不能久留,咱们后会有期!"冯小青说完,把手里的包袱往窗槛上一放,转身就准备离去。

只听身后一声喊:"冯叔!"冯小青回头一看,吕四娘站在他的身后。

冯小青动情地说:"四姑娘,想不到吕家罹此大祸。白天在墓园,我就猜测竹林中藏身的一定是你,才特地抢在众人之前动作,设法让你逃脱。今夜料想你会来这里,所以我就故意灌醉了弟兄们,将头骨给你送来。我只能帮你到这里了,你赶快让令祖令尊入土为安吧,办完了事就离开,切记,切记!"话罢,"嗖"地越过院墙,不见了踪影。

事不宜迟,吕四娘马上去下房寻来铁锹,在后园挖了一个坑,又进屋找出一个大瓮,含泪打开冯小青送来的包裹,捧出先祖的遗骸,装进瓮内,埋入坑里,盖上黄土,又将四周伪饰了一番。随后,她深望了一眼故居,迅速翻过院墙,消失在茫茫雪野之中……

至于后来陈知县如何向朝廷交复,据说是冯小青李代桃僵从乱葬岗里胡乱寻了两具头骨充数。陈知县还以为是冯小青帮他解了围,对他感激不尽哩!

从这个故事中,我们或多或少了解到了残酷背后隐藏着的恩怨和曲折。且不追究其真相如何,这街头巷尾的流传,就值得我们好好回味一番了。

(未　名)

(题图:黄全昌)

# 鉴宝

前清年间，朝廷连年平叛剿乱，赈灾抚民，需要大笔银两，于是雍正皇帝便对自己的臣子下了手：凡是犯事的官员，不论官衔大小，一律抄没家产，悉数充公。

这年，御史弹劾两江总督唐尧文贪赃枉法，可京城不少大臣为唐尧文说情，说他为官数十年没出过大错，主张对他从轻发落。

雍正一时难以决断，便命亲信李卫去查抄唐家，等有了结果再做定夺。不久，李卫回到京城，当朝呈上登记着唐家所有家产的清单。

雍正当众打开清单，越看越心惊：没想到区区一个总督，竟能搜刮这么多民脂民膏，就连自己这个一国之君，对其中许多珍宝也是闻所未闻。

雍正越看越生气,看着看着,他突然抬头问李卫:"清单上说查抄了两千斤人参,难道唐尧文私下还贩卖药材吗?"

李卫赶紧回答:"这人参并非用来买卖,是唐老爷自己所用。"

雍正不信:"唐尧文又没什么大病,两千斤人参要吃到猴年马月?"

李卫笑答:"皇上有所不知,唐老爷平时最爱吃嫩白菜心,可又嫌它有土味儿,所以每次厨子炒菜时,都事先把人参烘干,再把它当柴禾烧,这样,人参在燃烧时的药香便能把白菜的土味儿盖过。因此,厨子每做一次白菜心,都要烧掉几十斤人参。这两千斤人参,还只是唐府一个月的用量呢。"

雍正听罢,不住地点头叹息。他手捧清单继续看,又见其家产中有一样叫"摇钱树",不禁好奇:"摇钱树朕只是听说,还从未见过,不知究竟长得什么模样?"

李卫赶紧命人把从唐家查抄来的摇钱树抬到雍正面前。

雍正一瞧,不禁暗自咋舌。只见这摇钱树的树干用赤金打造,翡翠枝条上,挂着无数个小金钩,每个金钩上挂着的,不是金元宝,就是银树叶,要不就是玉如意、玛瑙钱,雕工精美的玉蝉和金雀翘立枝头,宝光烁烁,栩栩如生。

雍正问李卫:"你可知这摇钱树有何用处?"

李卫轻笑一声,说:"此事说来好笑。唐老爷娶了三十六房小妾,个个姿色惊人,所以每天一到晚上,他就不知自己到底该宿哪房,于是便让人做了这株摇钱树,美其名曰:选芳枝。每晚,三十六房小妾轮流拿金鞋往摇钱树上扔,谁打下的宝贝多,他就去谁的房里……"

雍正听了嘴上不说,心里却十分不悦。他心想:自己身为皇上,才十几个妃子,这唐尧文真是可恶。

这时,雍正已经翻到了清单的最后一页,见上面有三件珍宝没有名称,便问:"这三件珍宝为何无名?"

李卫小声解释说:"恕微臣无能。这三件珍宝不但微臣是第一次看到,当时在场的所有官员竟也无一人识得。"

雍正一听惊讶不已,忙让把这三件宝物呈上。

只见这三件宝物,一件是镂金镶玉的尖嘴孔雀,一件是模样古怪的小锯刀,还有一件是一个镏金玉石壶。雍正逐一拿起这三件东西看,左瞧右瞧,居然也没弄明白这到底是什么玩意儿。

此时,正好上书房大臣张廷玉前来,一看这情景,便给雍正出主意说:"听闻礼部侍郎刘言春博览群书,通晓古今,无物不识,不如让他前来鉴宝。"

雍正一听,立即下旨宣刘言春上殿。

刘言春仔细看了三宝之后,对雍正说:"启禀皇上!以微臣之见,第一件尖嘴孔雀,是用来嗑瓜子的,先把瓜子放入孔雀的尖嘴巴里,然后轻拍它的后背,它便会嗑开瓜子壳,将瓜子肉吐入盘内;第二件小锯刀,则是一把冰刀,是用来锯冰块的,每年冬至那天,去河里切下三尺见方的冰块,用棉被包裹后涂上蜂蜜和蜡油,藏到十几尺深的地下石洞中,等到盛夏季节来临,酷热难耐之时,便可取出冰块,用这把冰刀将冰块切成碎冰,用来泡茶消夏。"

刘言春一边说,大臣们一边窃窃私语,纷纷感叹唐尧文平日生活之奢靡。

此时,雍正的脸色越来越难看,他强压怒火问道:"那第三件镏金玉壶又是何物呢?"

刘言春叹了口气,说:"皇上恕罪!微臣学识浅薄,实在认不出这个东西是派什么用的。"

雍正取过玉壶,细细打量。发现这壶是用上等和田宝玉雕成,壶身上还镶嵌着猫眼石、夜明珠等各种珍宝。奇特的是,雍正让李卫往壶中倒入半盏清水,顷刻间,那壶水便会散发出缕缕清香,香味儿沁人心脾,久久不散。

这一来,大臣们就不免纷纷猜测起来,这个说玉壶是盛酒的酒器,那个说玉壶是放香料的容器,各执一词,争论不休。

雍正见刘言春认不出此宝,心中越发好奇,一连几天挂怀此事,竟然连朝都不上了,整天抱着玉壶苦思冥想。

这天,雍正正看着玉壶发呆,只见李卫疾步前来,说他已经找到了认得玉壶的人。雍正大喜,赶紧吩咐大臣们上朝。

不一会儿,君臣齐聚堂上,李卫带上来一个相貌猥琐的细瘦汉子。雍正问他:"你是何人,怎会认得这镏金玉壶?"

细瘦汉子自称王小二,是唐家的一个下人,说这玉壶他每天都会见到,因此熟知用途。

雍正道:"快说,这玉壶到底是何宝物?"

王小二不慌不忙从怀中掏出纸笔,写下两个字后,恭呈御览。雍正一看,脸色突然大变,一拍御案,气呼呼甩袖而去。

大臣们不解,赶紧捡起雍正丢下的纸片瞧,见上面只有两个字:溺器。原来,王小二在唐府是看茅厕的,这镏金玉壶不过是唐尧文夜里内急时用的一个尿壶而已。

第二天,圣旨下,唐尧文被判满门抄斩。那些原先为他说情的大臣,这回都乖乖地闭上了嘴,什么话也说不出来了。

*名为鉴宝,实为识人。这个故事好就好在让我们懂得了:贪官是自古就有的一类,他们活得很滋润,然而终有一天要被钉在历史的耻辱柱上。*

(于　强)

(题图:安玉民)

# 鹦鹉迷案

　　这天,狄仁杰狄公正在县衙批阅公文,参军洪亮突然来报说,城郊一郑姓人家发生命案,死者郑百公的胞弟郑百顺前来报案。狄公一听,马上吩咐备轿。

　　少时,狄公一行人由郑百顺带路,来到郑家。

　　此时,郑家院里已是哭声一片,郑家人一见狄公到来,儿子郑云立刻"扑通"一声跪倒在地,求狄公为其父郑百公申冤。

　　狄公将郑云搀起,命他带路去案发现场。郑云于是便带狄公等一行人来到后院书房,此时死者郑百公的尸体还未被搬动。

　　郑云对狄公说:"大人,我父亲就死在这书房里,凶手实在太残忍了。"说着,他用手指指郑百公的额头。

　　狄公一眼看去,郑百公的额头上钉着一根竹签,已没入太阳穴大半指深。狄公伸过手去，轻轻将竹签拔下，只见竹签上有一血槽，看来凶手事先对这个行凶器物是做过精心设计的。

狄公吩咐洪参军将竹签收起，然后又上下左右打量书房四周，希望能发现案犯留下的蛛丝马迹。

书房不大，很整洁，而且窗户紧闭，很难看出有人进入的痕迹，墙上挂着的山水画，似乎都出自名家笔墨，有一幅竟还是失传多年的珍品，但上面已落了一层浮尘。狄公掏出手帕拭了一下，撩起来细看，发现这是一个封闭性很好的房间。

突然，狄公的眼睛落在了书房的门上，因为他发现上面有破损的痕迹，虽然不是很严重，但新痕明显，于是便叫过郑云来问。

郑云给狄公解释说："回禀大人，这是小人所为。昨夜小人忽听父亲在书房里一声惨叫，心下大惊，便赶了过来，可此时书房的门是上了闩的，小人只好用刀把门闩拨开，故而留下此痕。"

狄公听了点点头。

这时，一位老妇人走了进来，她就是郑百公的夫人郭氏，看上去似一刚烈女子，虽有悲声，却不见悲色。

狄公问她："郑老先生生前可曾与人结怨？"

郭氏撩起盖在郑百公身上的单子，指着他的腿告诉狄公说："他年轻时就没了一条腿，所以终年把自己关在书房里研习字画，何来冤家？"

狄公闻言定睛一看，郑百公身上果真只有一条腿，而且旁边还靠着一副拐杖。

狄公想问郭氏郑云平时待父如何，可还没开口，郭氏就把郑云好一顿夸。狄公于是不再作声，命随行衙役对郑百公尸体做仔细勘验，然后将其抬走，入土为安。

吩咐完了，狄公便准备离开书房。谁想刚走到门口，忽听远处传来一阵奇怪的声音，侧耳细听，才听出是一只鹦鹉在不停地叫："幺二三！幺二三！"

狄公心里顿觉一阵狐疑：这"幺二三"是什么意思？

狄公问郑云，郑云回答说："大人有所不知，小人平时爱与家人玩赌，可手气极差，掷骰子总是幺二三，小人一生气，就把幺二三挂在嘴边骂，谁知竟让这小东西学了去。"

狄公听罢觉得甚是好笑，摇摇头，走出了书房。

回到县衙，天都黑了，由于案情不明了，狄公的心放不下来，他一直没想明白这凶手到底是如何进入郑百公书房的，所以望着那块粘着画上浮尘的手帕，陷入了沉思。

第二天一大早，狄公还在想着郑百公案子的事，这时候，洪参军兴冲冲地进来说："老爷，街上正在演杂耍，您要不要去看看？说不定会有意外之获呢！"

狄公无心顾及，他朝洪参军摆摆手，让他自个儿去。

洪参军走后，狄公沉吟半晌，又对着洪参军昨天带回的那根从郑百公额上拔出的血槽竹签发起呆来。不过琢磨多时，他忽然眼前一亮，似乎若有所悟，带上衙役就打轿奔郑家而去。

半路上，经过演杂耍的地方，狄公一眼就看到正挤在人堆里看热闹的洪参军，站在那里脖子伸得老长。狄公立刻喝令停轿，让一个衙役去把洪参军喊来。

狄公给洪参军使了个眼神，洪参军只好恋恋不舍地抬腿跟着狄公走，一路上，还忍不住悄声给衙役们讲他看来的热闹。

到得郑家门前，狄公下轿，可能是因为心思过于专注，竟跌了一跤，紧随在后的洪参军赶紧把他扶起。只听狄公一边拍着身上的尘土，一边自我嘲道："看来我真是老啦！"

一行人走进郑家，郑云见狄公来了，马上就关切地询问起案情的侦破情况。狄公并未直陈，只是说："不如先带本官到令尊书房，我们边品茶边说如何？"郑云不敢怠慢，赶紧把狄公带了去。

狄公一看，除了郑百公的尸体已搬走外，书房内的陈设与先前没有任何变化，他于是走到案发时郑百公被害的位置坐下，闭上眼睛,想象着当时一幕:郑百公正在潜心读书,一暗器突然从左侧飞来,不偏不倚刺入了他的太阳穴……想到这里,狄公心里猛一个激灵,感觉就像自己的太阳穴被刺中了似的。他睁开眼睛一看,发现离自己左边不远的棚上,悬着一个挂鸟笼的钩子。

郑云不知狄公这么坐着是什么意思,而此刻狄公的两只眼睛却直直地盯着郑云,盯得他头皮一阵阵发麻。

半晌,狄公道:"凶手查到了,就是贵府养的鹦鹉。"

郑云不敢相信:"大人,都说您断案如神,可您说我父亲是鹦鹉杀的,未免也太离谱了吧?"

狄公的口气却不容置疑:"就是它!这东西最好不要养,养不好是会杀人的。"

这时候,别说郑云想不通,就连洪参军也惊愕不已。

狄公瞥了一眼洪参军,问他:"来这里之前,你干什么去了?"

洪参军脱口回道:"我……我去街上看杂耍了……"

狄公追着问:"那你看到什么了?"

洪参军便把刚才在路上给衙役们说的给狄公说了一遍,当说到鹦鹉衔牌的时候,他心里一惊:"老爷,莫非……"

狄公叹道:"是啊,鹦鹉这东西,你别光看它会表演,它也是能够杀死人的啊!有这么一个人,他训练了一只鹦鹉,但不是训练它衔纸牌,而是让它听口令操纵机关。比如给它一个'幺二三'的口令,把它训练成熟后,那人只要一说'幺二三',鹦鹉听到了就会去开动机关,机关里便会射出暗器,这暗器可能就是一根带血槽的竹签……"

狄公这边不紧不慢地说着,可那边郑云已经吓得瘫在了地上。

洪参军跟随狄公多年,自然一眼便看出端倪,大喝一声,就把郑云来了个五花大绑。郑云本来就做贼心虚,这下只好全都招认,只是他怎么也不明白,狄公是如何识破他计谋的。

狄公道:"竹签本是暗器,必有人操纵才能发出,可整个书房没有人进出的痕迹,因此本官猜测,机关当在屋内,至于是谁操纵,当时还想不明白。巧的是,那天正当我离去时,听到了鹦鹉'幺二三、幺二三'的叫声。郑云说,是他好赌,总出幺二三,是他无意中说了才被鹦鹉学去的,可我后来问过郑家上下,他们说郑云从不与家人赌博,这不正说明郑云是故意在撒谎吗?洪参军去看杂耍,这倒是启发了我,鹦鹉这东西是能训练的!既然能让它从一叠纸牌中寻出一张来,就当然也能去让它操纵一个精心设计的机关了。刚才我在门口下轿,意外看到地上有一个水槽,就把它拾了起来,这玩意儿正是发射竹签的机关啊!"狄公说完,把水槽拿了出来,众人一看,果然暗藏玄机,不由一阵吃惊。

洪参军直到这时才明白,什么年岁大了,狄公刚才在门口摔的那一跤,其实是故意的啊!

这时,只听屋外一声悲号:"狄老爷,人是我杀的,不关我儿子的事。"

狄公一惊,原来来者是郑百公的夫人郭氏。狄公朝郭氏微微一笑,道:"老夫人,想必你也是有冤屈的,何不当面道来?"

郭氏跪在地上,边哭边诉。

原来,郑百公年轻时是一个土匪,并且占山为王。那年,郭氏一家人是在经过郑百公领地时遭的劫,郑百公不但抢了东西,还杀了郭氏丈夫,把郭氏占为己有,当时郭氏已有孕在身,为了孩子,只得苟且偷生。后来有一年,郑百公与同道火并,被打断了腿,再不能独撑山林,便远走他乡来到这里隐居。为了不让人起疑,郑百公装作画商,经常出售一些早期抢来的字画,以掩人耳目。直到郑云长大懂事,郭氏才憋不住把一家的遭遇告诉了他,哪知儿子为母报仇心切,竟想此下策,铸成大错。

洪参军哪里见得郭家遭受如此冤屈,便求狄公法外开恩,放了郭氏这对苦命母子。

狄公沉吟着,对郭氏道:"法外开恩的事,在我是万万行不得的。不过,你们母子俩都是无罪之人啊!"

狄公这话出口,不但众人大惊,就连郭氏都甚为不解,不知狄公意有何指。难道说,真凶另有他人?

狄公道:"其实,在郑云让鹦鹉操纵机关之前,郑百公已经气绝身亡。"

洪参军脱口就问:"老爷,您怎么断定在郑云下手之前,郑百公已经死了呢?"

狄公拿起那根血槽竹签,说:"郑云特制这根血槽竹签,为的是要让郑百公快些死去,可在勘验时,为什么现场并没有发现血迹?可见并未有血从血槽中流出,这说明郑百公已经在郑云动手之前就死了。那郑百公到底是如何被杀的呢?我注意到了书房中挂的这些字画,从表面看上面好像布满了灰尘,其实不然,那是砒霜。郑百公虽是土匪,可也知道名人字画价值连城,所以平时都把这东西放在箱底,可年头久了字画会潮,他便拿出来挂在书房里晾晒。于是有人就看中了这个时机,而且熟知郑百公在翻书收画时有手沾唾液的习惯,于是便悄悄地在字画表层涂上一层砒霜,郑百公所以会在书房里死去,真正的原因正在于此。而在他已经死去之后,郑云因为心有报仇之恨,所以一直在窥探郑百公动静,那晚他透过门缝看到郑百公伏在案上,以为机会难得,便在门外发'幺二三'口令,让书房内的鹦鹉听到后去猛啄水槽中的浮子,因而触动了机关,给已经死去的郑百公又补了一刀。而后,郑云打算把鸟笼和水槽全都烧毁,却被真凶利用,故意把水槽从火中取回,丢在门口让我捡到……"

狄公说到这里,指指水槽,洪参军一看,上面果然隐约可见被烧过的痕迹。

听完狄公一番细述,众人都迫不及待地想知道真凶到底是谁。这时,狄公缓缓将身子转过,正好看到当初的报案者郑百顺,立刻一声断喝:"郑百顺,你可知罪?"

郑百顺却不慌不忙地看着狄公,说:"狄大人,要说是鹦鹉杀人是被人利用,这还说得过去,可要说是我杀了人,而且杀的还是我胞兄,这未免有些荒唐吧?你可要拿出足够的证据来呀!"

狄公立刻正色道:"证据当然有,这还是那只鹦鹉告诉本官的。昨日我走出郑百公书房时,忽听鹦鹉在叫,但只有最后一句'幺二三'是鹦鹉说的,前几句其实都是你的诱引之词,是故意叫给本官听的。哼,本官如果连人叫、鸟叫都分辨不清,那才真是老糊涂了。其实,郑云训练鹦鹉之事你早已有知,但鹦鹉杀人是需要条件的,那个人必须很少活动,否则命中率会极低,于是你便趁郑百公晒画之机,悄悄在上面涂了砒霜,等郑百公一死,你又学他惨叫,将郑云引出。而本官来查案时,你栽赃心切,故而在暗地里引诱鹦鹉说话,好让郑云快快在本官面前暴露,是不是?"

郑百顺听罢再也无言以对,这才不得不招认。原来郑百顺早已看上了兄长的财产,便想了个一石二鸟之计,把胞兄杀死,然后故意栽赃给郑云,如此来侵吞胞兄财产。可法网恢恢,疏而不漏,郑百顺最终被戴上了枷锁。

至此,案情真相大白。狄公一行返回县衙时,经过那个演杂耍的地方,人群居然还没有散去,这回轮到狄公有兴趣了,非要下轿去看一看不可。

那只鹦鹉也真是有灵性得很,见狄公来了,"突"地一下就飞到他肩上,大叫着:"清官,清官,清官!"逗得众人哈哈大笑。

正所谓"螳螂捕蝉,黄雀在后",再筹划精密的犯罪,一不小心,就有可能沦为他人洗清罪名的工具。法网恢恢,疏而不漏,神探狄仁杰的敏锐判断,恰恰就来自于对人和事物细致入微的观察和合乎情理的逻辑推演。

(马凤文 改编)

(题图:刘斌昆)

# 奇 人 奇 事

真诗在民间,高人隐于市。

# 眼球上面开核桃

北宋年间,东京汴梁城里有一个卖核桃为生的老头,每天担着两筐核桃到集市上去叫卖,不管刮风下雨,天天如此。

这天刚过晌午,老头两筐核桃已经卖出了一筐,他心里高兴,便一边高声叫卖,招揽生意,一边用一块青砖砸了几个核桃,分给正在摊前玩耍的孩子吃。

这时,走过来一个光头大汉,他站停在老头的摊前,指着筐里的核桃问:"你的核桃货色可好?"

老头看了一眼汉子,笑着说:"集上的人都知道我卖的核桃好,不信我给您砸几个尝尝?先尝后买嘛!"说着,他伸手就去拿青砖。

光头把手一挡,对老头说:"不必使那玩意儿,我自个儿来。"

过路人闻声,都好奇地围上来看热闹。

只见光头伸手从老头的核桃筐里拿出两个核桃，一手一个攥在掌心里，随后两手稍一用力，只听"啪啪"两声，他掌心里的核桃便立刻应声而碎。

众人顿时都惊讶地瞪大了眼睛，对光头这手绝活暗暗称奇。

光头的脸上不由露出了得意之色，他从掌心里捡出核桃仁，往嘴里一丢，大嚼起来。嚼了几口，又突然停下，对老头说："这核桃有点苦，再换两个尝尝。"

没等老头说话，光头就又一手攥一个核桃，还是稍稍一用力，两只核桃便又立刻碎裂开来。

"好！"在众人的一片喝彩声中，光头的眉毛翘得更高了，他悠悠地从掌心里拣出核桃仁，往嘴里一丢，又大口嚼了起来。

这时候，老头的脸上闪过一丝不悦。但他马上就克制住了，笑着问光头："这位兄弟，这回该不苦了吧？"

光头说："苦是不苦了，但这桃仁有些出油，肯定是隔年陈货。看来，你这筐里卖的，也不是什么好东西。"说完，扭头就要走。

这下老头忍不住了。他心想：你这个不安分的光头，好好的路不走，干吗要来我摊上卖弄本事？你出风头，却搅了我的生意。你想走？没那么容易！

不过，老头心里生着气，脸上却还是堆着笑。

老头对光头说："这位小兄弟，请等等！我的核桃真不是陈货，没准是小兄弟你自个儿嘴里苦，没尝出这核桃的味儿来。要不，我来砸开一个核桃，请小兄弟好好尝尝？如果再尝出是陈货，你扭头尽管走，小老头绝不多言。"

光头一听，心想：哼，你就是亲手砸了核桃让我尝也没用，嘴是我的，我说不好就不好，到头来我就是白吃你的货，你能把我怎么样？

主意拿定，光头就冲老头说："也好，你砸个核桃给我再尝尝。"

只见老头不慌不忙,伸出左手从筐里拿出一个核桃,用中指、食指牢牢地将它捏住,然后挤上左眼,把核桃贴着眼皮儿放在眼球上,接着又伸出右手,去拿那块青砖。

众人不知老头要干什么,都屏住了呼吸等着往下看。

光头心里也在嘀咕:你这老头,莫非还想玩出什么噱头不成?

就在这时,众人只觉眼前一道青光闪过,而后再仔细看,发现老头贴着眼皮儿放在眼球上的那个核桃,已经被他右手上拿的那块青砖砸开了,"啊!"众人忍不住惊叫起来。

光头也惊得目瞪口呆:"都说汴梁城里藏龙卧虎,没想到一个卖核桃的,竟也有如此不得了的内功,真是高人呐!"

再看老头,此时扔了青砖,揉揉眼睛,将拣出的核桃仁递到光头面前,说:"小兄弟,请再尝尝。"

光头一时不知说什么好,真想一头扎进地里不出来。他不得不接过老头递来的核桃仁,一边往嘴里丢,一边连声说好。随后,他又从怀里掏出几个铜钱,往老头手里一塞,逃也似的走了。

众人不由纷纷围了上来,赞叹老头真是"人不可貌相"。这个说,老头内功绝了,肯定刀枪不入;那个说,老头定是武林高手,只是深藏不露罢了。

老头朝众人拱拱手,嘴角挂着淡淡的笑,连声说:"过奖,过奖,大家过奖了!"

不一会儿,老头筐里的核桃就卖得所剩无几,他高兴地收了摊,一路往家赶。

刚拐进一条胡同,远远地他看见前面跪着一个人,走近一看,竟就是那个光头。

光头向老头深深一拜,说:"小人有眼不识高人,请高人宽恕小人的鲁莽。小人四处流浪,正是为了寻求高人拜师学艺,今日得遇，恳请前辈收下我这个徒弟吧！"说完，又深深一拜，跪地不起。

"哈哈哈……"老头一阵朗声大笑，"这位兄弟，快快请起，你拜错师傅了，我真的不是什么高人，也没有什么绝技。"

光头哪里肯信老头的话，苦苦哀求说："小的亲眼目睹，前辈在眼球上用青砖砸开核桃，这是真正的高人哪！请前辈念小的一片诚意，收小的为徒吧！"

老头放下担子，看了光头一眼，说："世上的高人绝不会轻易显露自己，哪能这么容易让你见到？我若真是高人，今天也不会为了这点儿小事就漏了真底。我确实不是什么高人，只是见你搅了我生意，就忍不住和你开了个玩笑。我一个小老头儿，眼球也是肉长的，绝没有什么了不得的内功，只不过是因为卖了几十年核桃，还有些手上的劲道而已。"

说着，老头伸出左手，从筐里拿了一个核桃，在光头眼前晃一晃，说："小兄弟请看好了！"随即，他右手中指、食指和拇指一起用力，只听"啪"一声，手里的核桃就被捏碎了，"这玩意儿其实不是用青砖砸，是被我用手捏的。"

光头这回也确实看仔细了，可他却瞪着眼，张着嘴，说不出一句话来。原来，老头玩的是手劲，那只拿青砖的右手只是虚晃一下而已。

障眼法的奥秘，在于在紧急关头虚晃一枪，进而让原本简单的事情变得扑朔迷离。这一巧诈的活计，市井杂耍可以用，编讲故事也可以用，而放在做人做事上，或许鲁迅先生口中的"白描"功夫更值得借鉴，他所讲的"障眼法"，即"有真意，去粉饰，少做作，勿卖弄"。

（袁　则）

（题图：龚　昆）

# 郭罗锅种树

　　唐代有个农人，姓郭，家里几辈都是种树的。他因为从小就跟着父母种树，弯腰干活一多，把背弄驼了，所以当地人都叫他"郭罗锅"。

　　郭罗锅种的树，枝叶青翠茂盛，树干又粗又直，他家房前屋后都种满了树，田头地角也都是树，连河边沙滩上的那一大片林子，也是他多年栽种的。

　　郭罗锅种树种出了名，许多人于是纷纷向他请教，跟着他学。不过，有学成了的，也有学不成的。

　　郭罗锅有个邻居，向郭罗锅学种树的时候，反复问他："你种树到底有什么秘诀？能不能说出来给我听听？"

　　郭罗锅说："种树其实不难，一要方法恰当，二要顺其自然。

栽种的时候,坑挖深一点,让树苗的根伸直;填土以后踩实一点,浇上水,以后就让它自己去长;发现有虫子了,就及时治一治。我就是这么做的,哪里有什么秘诀?"

邻居于是便按照郭罗锅的指点栽下树苗,没料后来就是长不好,不但又黄又瘦,还死掉不少。郭罗锅去帮他挖开苗坑看,发现这些树苗的根都烂掉了。原来这个邻居非常性急,树苗栽下后,他今天去看看摸摸,明天又去看看摸摸,生怕树苗干渴,还老去给它们浇水。

郭罗锅对这邻居说:"树苗栽下以后,别老去碰它,水也别浇得太多,否则根会烂掉的。除非特别干旱,一般来说,有天上的雨水就差不多了。"

邻居按照郭罗锅的话去做,后来果然把树种成了。这一来,郭罗锅种树的名气越来越响,也越传越远。

话说这个县城的县令姓金,长得头细、腿短、肚子大。一位看相先生对金县令说:"大人姓金,又是酉时出生,而且天生雄鸡之相,按五行学说,金生水,金又克木,而酉时属鸡,雄鸡喜欢站在高坡上,威风凛凛地报晓,呼唤日出。所以大人须得改建县衙,尽量多用木料,把县府建高些,后园再挖一个放生池,以应金生水。如此,大人定会高升发达,财源广进。"

金县令平时迷信风水,所以对看相先生的话深信不疑,决定立即大兴土木。

备料时,金县令派人到各处去搜罗上好的木材,结果看中了郭罗锅沙滩上的那片林子,于是不由分说就让人把它们给砍了个精光。

最后,金县令只给郭罗锅丢下几个铜钱,郭罗锅气得呼天抢地,心痛不已。

许多人都为郭罗锅鸣不平,可也有人暗中发笑。尤其是那些平时嫉妒郭罗锅的,都在看郭罗锅的笑话,说:"种树好有什么用,白白给了官老爷。还不如我们呢,种得再怎么不好,树还是自己的呀!"

没过多久,金县令因为贪赃枉法,被人参倒,丢了乌纱,成了囚犯,发配去服苦役,朝廷于是又派来一位新县令。

新县令姓侯,长得手脚长,身体短,瘦不拉叽的。此人也相信风水,看相先生便对侯县令说:"大人姓侯,侯者,猴也,难怪大人天生猴相。猴生于林,性喜爬树攀高,所以大人须广栽树木,才能步步高升,封侯拜相。"

侯县令听了看相先生的话,立即下令全县封山育林,广栽树木。他闻听郭罗锅善种树,便给郭罗锅封了个"栽树师爷"的头衔,专管全县的栽种事宜,每月还给俸禄。

做自己喜欢的事儿,还有银子拿,郭罗锅何乐而不为?于是立刻欢天喜地地干了起来。

这一来,原先为郭罗锅鸣不平的人又为他庆幸起来,纷纷说:"栽树栽得好,还是有好报啊!"

自打郭罗锅当了栽树师爷之后,县境内的树越种越多,越长越好。这一来,郭罗锅的名声就很快传到了京城,朝廷就想将郭罗锅召去京城,专管御花园里的花草树木。

侯县令把消息告诉郭罗锅,郭罗锅说:"我一大把年纪了,又是个驼背,到京城去,这样儿还不把人笑死?"硬是不点头。

侯县令其实心里也舍不得他走,于是便想了个法子上奏朝廷,说郭罗锅年老多病,相貌又实在丑陋,没法去京城供职。

这事后来便不了了之。

那些曾经嘲笑过郭罗锅的人这回又说话了:"看这瘸子,有官不会当,有福不会享,嘿嘿,天生就是个受穷的命。"

郭罗锅听了,也不生气,照旧过自己的安稳日子。

不久,爆发了"安史之乱",叛军攻破潼关,占领了京城长安,皇帝和他朝廷里的那些官儿都逃到四川去了。叛军首领安禄山在长安称帝,让儿子率领禁卫军驻扎在御花园,这些人把满园的花草树木糟蹋得不成样子,还把园里的男人全杀了,将宫娥彩女抓去当女仆。

消息传到县里,大家不由连连赞叹郭罗锅不去京城有先见之明。可郭罗锅却说:"这哪里是什么先见之明?人生在世,不就和我种树一样,是福是祸谁知道呢?"

《老子·五十八章》中提到:"祸兮福之所倚,福兮祸之所伏。"意思是,祸与福互相依存,可以互相转化。比喻坏事可以引出好的结果,好事也可以导致坏的结果。福祸虽无法预测,但懂得进退乃是人生的一大智慧。

(万斌生)

(**题图**:黄全昌)

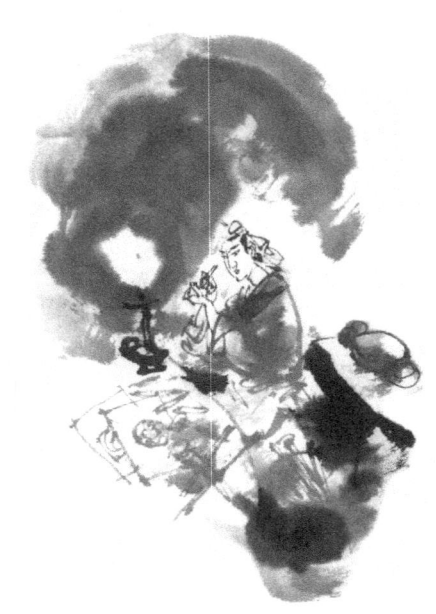

# 玉王传奇

　　明朝万历年间，苏州出了一个雕琢玉器的大师，名叫陆子刚，凡经他手雕出的玉器活儿，人们一件件看了都爱不释手。苏州城里的地方官儿为了讨好皇帝老子，便把陆子刚送到了京城。

　　朝廷二十四监里，有一个专管玉器雕刻的玉作监，那里养着一帮混饭吃的家伙，仗着与总管罗圈李的亲戚关系，他们整天吃喝玩乐，不干正事儿，皇上若是派任务下来，他们就悄悄到外面去请工匠做，然后佯作自己的手艺呈上去。现在陆子刚一来，露了他们这些损招儿，所以他们对陆子刚恨得要命。

　　这天皇上派任务下来，指名要陆子刚把一块极玉贡品刻成一个玉扳指，并且在扳指上刻一幅百骏图，限五日完工。

　　圣旨一下，玉作监里的那帮家伙喜作一团。你想，即使再强的手艺,可就拇指丁点大小的地方,怎么刻得下百匹骏马呀? 他们早就想把陆子刚撵出去了,就是苦于没有机会,现在可有陆子刚的好戏看了。

你也许还没弄明白什么叫扳指吧? 这是古人射箭时套在大拇指上起防护作用的指套。对陆子刚来说,刻个扳指那还不跟玩儿似的? 可要命的是,要在上面刻一百匹骏马,平均每一匹马还占不到芝麻粒儿大的地方呢!

可这事儿并没有把陆子刚难倒,到第六天上朝时候,随太监一声传唤,陆子刚从容不迫地捧着一个紫红色锦匣踏进殿来。他给皇上跪施大礼后禀道:“小匠奉旨琢刻完工,请皇上查验。”

皇上从太监手里接过锦匣,打开,轻轻取出扳指,仔细一看,只见上面刻了一幅风景画,高大的树林遮无边际,一条山路正对着寨子大门。整个画面上只有四匹马:一匹低头啃着路边的青草,后半身还留在树林里;一匹沿着山路正奔向山寨;一匹已经进了寨门一半;而另一匹虽说先进了寨门,那神情却好像还在回首张望。

皇上一边欣赏着手里的扳指画,一边在心里不住地赞叹:这真是一幅绝顶的百骏牧归图啊,整个画面虚虚实实,树林深处,山寨内外,这蹦跳腾越的骏马又何止百匹? 皇上心里又惊又喜,但表面上却不动声色:“传旨,让各位爱臣评判。”

太监用托盘托着锦匣,缓缓地在众大臣面前一一走过,有外行看热闹的赞不绝口,有内行看门道的频频点头,也有揣摩皇上心思的默然无声。

玉作监总管罗圈李也在殿上,他恨不能把陆子刚往火坑里推,所以这会儿当锦匣从眼前经过的时候,他睁大着贼眼珠子拼命看。太监刚把锦匣送回到皇上手里,罗圈李便“扑通”一声跪奏道:“启禀皇上,陆子刚犯有欺君大罪。”

朝廷上下立刻一阵骚动。

皇上道："你说与朕听来。"

"启禀皇上，"罗圈李振振有词地说，"明明皇上下旨让刻的是百骏图，可这奴才只刻了四匹马，十分之一都不到。抗旨不遵，论律当斩。"

"哈哈哈哈!"皇上仰天长笑，随后突然"啪"一声拍桌而起，"大胆奴才，来人，把他给我拉下去砍了!"

罗圈李得意洋洋地抬起头来，没想皇上正怒气冲冲地瞪眼瞧着他，他顿时吓出一身冷汗："饶命啊，皇上饶命!"

"哼，你这个不中用的蠢货!"皇上生气的是，罗圈李身为玉作监总管，居然如此不识货。可是念在罗圈李是他皇亲的脸面上，加之众大臣求情，最后还是饶了他。

罗圈李不是个傻瓜，为了报答皇上的宽恕之恩，他悄悄把手下那帮家伙派出去四处网罗，终于觅得一块极品黄玉，献给皇上。

皇上一看，喜得合不拢嘴。

罗圈李讨好皇上说："皇上，您是真龙天子，就让那个姓陆的用这块黄玉给您刻一条金龙吧，下个月正好是您五十寿庆的喜日子。"

罗圈李别的本事没有，这马屁拍得是特对火候，所以皇上一听，立刻点头称是。

于是陆子刚的活儿又来了，整整一个月，他没出过作坊一步。完工那天，他的两只眼睛已经变成了两只红灯笼，人也瘦了一圈。

金銮殿内外，屋脊吻龙，藻井团龙，金柱盘龙，御椅雕龙，大大小小有四万多条龙。到了皇上五十寿庆那天，陆子刚琢刻的这条威武灵动、冲天欲舞的黄玉金龙一出现，大殿内外顿时金光四射，尤其是金龙头上那丝丝龙须，身上那片片龙鳞，看得众人目瞪口呆。

众大臣"呼啦啦"跪倒一片,齐声欢呼:"圣上万岁!万岁!万万岁!"

陆子刚琢刻的金龙盖过了皇亲国戚、官员富商的寿礼,皇上把这条金龙摆在自己龙案正中,抚摩着,欣赏着,心里那个舒服那个美呦!他喜滋滋地传御酒上殿,和众位大臣开怀畅饮,还赏罗圈李官升一级,赏陆子刚黄金百两。

眼看自己这么大一个马屁拍成功了,罗圈李自然高兴万分。不过,看着陆子刚领赏而去的背影,他肚子里又打起了主意:可不能让这家伙得意下去,早晚有一天他会爬到我头上来,得趁早收拾他。

罗圈李当晚盘算了一夜,第二天趁着早朝就进宫面奏皇上,借口玉作监想给皇上的玉金龙做一个龙座,把玉金龙请到了玉作监。然后,罗圈李就特地从外面招来工匠,度量尺寸,连夜赶制。

两天以后,龙座已经成形,第三天一大早,工匠正在给龙座打磨上漆,没想玉作监外一声高呼:"皇上驾到!"罗圈李一惊:皇上怎么来了?

其实皇上已经把这玉金龙看成了他自己统揽天下、稳固江山的象征,所以一连两天这个宝物不在身边,他简直如坐针毡。今天凌晨,他突然梦到罗圈李失手打碎了他的玉金龙,便再也睡不着了,破天荒起了个大早,屈驾来到玉作监。

此刻,皇上一眼看到玉金龙完好无损地放在案子上,心里悬着的石头这才落了地,绷紧的脸也随即放松下来。

罗圈李赶紧跪地禀报:"回皇上,小臣正紧着赶哩,再有两个时辰就可完工了。"

"那就快快做吧,朕等着呢!"皇上说罢,就准备起驾回宫。

"皇上……"罗圈李急忙一声启奏,"那姓陆的奴才狗胆包天,居然把他的贱名刻在玉金龙的尾巴尖下面,要不是小臣昨晚

发现，皇上就被他戏弄过去了。小臣怕惊扰皇上圣寝，昨晚没敢
禀报，本想今日早朝见皇上，没想皇上却亲自动了大驾，小臣真
是罪该万死。小臣叩请皇上过目，随后容小臣即刻铲除，还玉金
龙一个洁净之身。"

那个时候，只有皇上可以满天下题诗作画，工匠们哪有留名
的资格？罗圈李就是绞尽脑汁抓住这一点，借机在皇上面前说
陆子刚的坏话。

皇上闻言，立刻吩咐拿放大镜来，对着玉金龙的尾巴尖仔仔
细细地看起来，果然看到那儿浅浅地刻着"子刚款"三个字。他
勃然大怒："那奴才现在何处？"

没等罗圈李回答，屋外忽然传来一阵"哈哈哈哈"的狂笑声，
只见陆子刚踉踉跄跄地进来，直冲案子上的金龙而去。

皇上急了："来人哪，给我将他拿下！"

可是他话音未落，陆子刚已经举起了玉金龙。

"皇上，小匠早已将自己生死置之度外，只求皇上给天下像
小匠一样的匠人一句话，能在自己做的活儿上留个名。要不，小
匠就毁了它。"说完，陆子刚把玉金龙高高举过了头顶。

皇上生怕陆子刚真把玉金龙摔了，急得连连朝他摆手："别！
千万别！朕即刻下旨颁诏天下，手工艺人留名具款任其自愿，朝
廷不得兴师问罪。"

"空口无凭，立字为据。"陆子刚又将了皇上一军。

皇上没辙，只好立刻照办。

陆子刚拿着皇上的手谕从头到尾看了一遍，说："皇上，我本
在玉金龙的两只耳朵里各琢了一个名儿，为的是让皇上你能时
时记住我的名字。可现在不需要了，皇上记不住我没关系，以后
全天下的人都会记住我的名字，记住一个把自己的生命交给琢
玉行的匠人！"说罢，他跌跌撞撞地向门外走去。

皇上见状猛一挥手，已经迅速结集过来的锦衣卫们立刻朝

陆子刚放箭齐射。

可怜一代玉王身处乱箭之中,陆子刚挣扎着慢慢回转身来,怒视着皇上,突然"啊——"拼力一声高喊,身子就直直地朝摆放玉金龙的案子撞去。只听"哗啦啦"惊天动地一声响,那个被皇上视为命根子的旷世奇珍,转瞬间被摔得粉碎。

霎时,在场的人全愣住了,空气像凝固了一般。

罗圈李怎么也没有料到事情会是这样的结局,"扑通"一声跪了下来,头磕得跟鸡啄米似的。

皇上顿时龙颜大怒:"都是你干的好事! 也罢,朕念你是皇亲,赐你自己选个死法!"

皇上话音未落,罗圈李先就吓死啦!

自古以来,刚烈之人"宁为玉碎不为瓦全"的壮举,令人心生敬佩,也引来阵阵扼腕叹息。在现代社会倡导理性思维的语境中,极端的行为并不是解决问题的唯一途径,人们或许会寻找一个更为恰当的方法,虽无法做到两全其美,也不至于两败俱伤。

(贾福林)

(题图:黄全昌)

# 乡村御医

慈禧在大清朝掌了几十年的权,那威风可真耍到家了:一班文武大臣在她的眼里,她是看着谁不顺眼,就跟掐豆芽菜似的这么一掐,谁的脑袋就得搬家;就连光绪皇帝也受她的窝囊气,日子过得还不如一个小百姓呢。

可就是这么着,慈禧的心里还是不痛快。你想呀,她虽然有名分有地位,可是年纪轻轻的就守寡,几十年都是咬着牙过来的,心里能好受吗?甭说她看着光绪和珍妃恩恩爱爱的心里就来气,就是看见鸳鸯戏水、燕子双飞,她也是气不打一处来呀。

这天,正是端阳佳节,太监李莲英看出慈禧不高兴来了,就想借机会讨她欢喜。端阳节不是都吃粽子吗?他就让御膳房给慈禧包了六个小巧玲珑的粽子,六个粽子六种馅,豆沙的、枣泥的、五仁的、火腿的、莲蓉的，还有一种是桂花的。那粽子三角尖尖，放在一只青花瓷盘里，甭说吃，就光是看着，出气都顺溜。

果然，慈禧见了很喜欢，心里一高兴，一口气便把这六个小粽子都给吃了。吃完后，她一抹嘴，对李莲英说："小李子，可真有你的呀！"随后，就到颐和园的昆明湖边散步去了。

可谁想，这一下麻烦来了：那粽子是糯米做的，在胃里不好消化，湖边风大，这么一吹，再加上慈禧本来心里就有事，于是她胃里火辣辣的，就开始不住地翻腾起来。慈禧于是赶紧回宫，原以为喝口热热的莲子汤，早点儿上床休息就没事了，哪知道到了半夜里，她的胃却越发地疼起来，躺在床上哇哇直叫。

李莲英一看自己这回是马屁拍到马蹄子上了，赶紧把御医找来，给慈禧切脉、问询、开方子、配药，等药煎好了，又亲手端上来给慈禧喝。折腾了大半夜，慈禧的病情总算稍稍缓解了一点，李莲英这才松了一口气。

可没想，第二天早上天还没亮，慈禧的胃又不对劲了，痛得在床上直打滚儿。御医们一个个吓得束手无策，李莲英更是着急，因为这娄子是他捅的啊！他脑子一转，立即让小太监到宫外去请名医。

这个小太监姓陈，叫陈太保，平时没干过什么利索事，这回就想趁此机会显显自己身手，于是他出宫后逢人就打听："哪儿有好大夫？进宫去给太后老佛爷看病啦！"

陈太保这么一咋呼，那些大夫们就一个个赶紧摘牌子、收幌子，找地方躲了起来。为啥？进宫给慈禧看病，那不是去捋老虎须子吗？谁愿意冒这种险？所以陈太保从早找到晚，连个大夫的影子也没见着。

后来，陈太保找来找去找出了城，在一个叫大溜庄的村口碰见一个捡柴禾的老头儿，陈太保就问他："这村里有大夫吗？"

老头儿回答说："有啊，姓寿，就住前边那排瓦房里。"

陈太保于是谢过老头儿，就赶紧朝前边那排瓦房奔去。

叫开门后，陈太保看见一个五十上下、戴一副玳瑁眼镜、穿一身马褂的瘦子，就问他："你就是看病的那个寿……"

瘦子点点头："是啊，没错，是我。"

陈太保乐了："哎呀，找了一整天，可找到你了，赶快跟我走！"

瘦子一怔："上哪儿？"

陈太保说："走吧，时运来了，你赶快跟我进宫去吧！"说罢，不由分说拉了瘦子就走。

进宫后，陈太保让瘦子在偏房等着，他自己去见李莲英。

李莲英早就等得心急火燎的了，见了陈太保就问："你怎么刚回来，找到没有？"

陈太保得意地把自己的办事经过说了一遍，李莲英二话没说就奔偏房。

那瘦子也正着急呢，见了李莲英就说："我家里还有事情，你快带我到御马圈去吧！"

李莲英一听愣住了："上哪儿？"

瘦子说："叫我来，不就是给宫里的老黄马看病吗？"

"胡说！"李莲英一瞪眼，"是老佛爷病了！"

瘦子一听"老佛爷"三个字，两条腿立刻就软了，"扑通"一声跪在地上，连声说："小的该死，小的耳背，小的只会给牲口看病，哪能给……给老佛爷看……"

陈太保早在一边吓得身子筛开了糠，朝瘦子直喊："你怎么不早说啊？"

瘦子说："我说什么呀？你问我是看病的吗，我说是，你就带我来了……"

不得了，这个口误闹大了呀！原来，陈太保说的"寿"，瘦子把它听成了兽医的"兽"。这就叫猴吃麻花——满拧，陈太保把事情给办糟糕了。

李莲英本打算放了瘦子算了，可又一想，不能放。他对瘦子说："你明明是一个兽医，竟敢贸然进宫，这犯的可是死罪呀！"

瘦子一听害怕了："那可不是我自己要来的啊。"

李莲英脸一沉，说："不过，你要想活命也不是没有办法。从现在起，你就是给人看病的大夫，不许再提什么兽医不兽医的，马上跟我去给老佛爷看病。"

瘦子吓得浑身哆嗦："可……可我不会呀！"

李莲英压低嗓门说："我琢磨着，人和老黄马什么的，肚子里的东西也差不到哪儿去。老佛爷其实也就是着凉停食了，御医们都不敢用药，所以就难见效果，你就大着胆子给老佛爷开一个方子，药量用多少你看着办。"

瘦子一听：这不是让我提着脑袋去赶集吗？

他正犹豫着呢，李莲英可急了："你不去，咱们三个一准得死，你如果去试试，我看八成就是条活路。"

瘦子一想也对，家里老婆孩子都等着我呢，可不能这么糊里糊涂地大家都完蛋啊。于是牙一咬，就答应了下来。

李莲英怎么带着瘦子去给慈禧看病号脉开方抓药，这里就不一一细说了。只说后来慈禧吃了瘦子开出的平时用来灌牛肚子的泻药之后，工夫不大肚子里就"咕噜咕噜"乱响，急着要出恭，完了之后顿觉浑身舒服，又喝了碗参汤，就马上来了精神。

慈禧心里一高兴，就问李莲英："哪儿找的大夫啊？"

李莲英赶紧说："是从大溜庄找来的，还在外边伺候着呢！"

慈禧于是就让李莲英把瘦子叫进来夸了几句，又让李莲英伺候笔墨，当场写下"乡村御医"四个大字，赏给瘦子。

瘦子真是受宠若惊哪，回到家里，赶紧把慈禧赐的字请人制成金匾，挂在家门口，一下就出大名儿了。

可是有一样瘦子没有料到，打这以后，就再没人找他给牲口看病了。为啥? 你想嘛,既然这瘦子是慈禧的御医,你如果再牵着驴来,这不明摆着是污蔑老佛爷吗? 而大家又都知道瘦子原本是给牲口看病的底细,所以真就是人生了病也不敢来找他,谁知道他开的这药对不对路,药量用得合适不合适。

这一下,麻烦了! 瘦子的谋生手段用不上,生活一下就断了来源,而且干别的他又不会,所以就只好靠典当过日子。后来卖来卖去,瘦子的家当就卖剩下那块匾了,瘦子天天看着大门口的匾发呆,问自己:"我……我这是招谁惹谁啦?"

幸好没几年,慈禧驾崩,紧接着大清王朝也灭了,瘦子这才重新有了出头之日。他把匾摘下,买了挂一百响的鞭炮,在家门口"噼噼啪啪"地放上了。

鞭炮一响,街坊四邻都来了,问瘦子:"你这是怎么啦?"

瘦子一蹦老高,说:"从今天开始,我又可以给你们看病了!"

"什么什么? 你说什么?"大伙一听,"你也要给我们吃泻药啊?"

"哪儿啊,"瘦子笑着直朝大伙儿作揖,说,"我这是说……我又能给大伙的牲口看病啦!"

乡村兽医化身老佛爷的"救命御医",看似光彩照人,却混得个更加潦倒不堪的贫困境遇。这样看来,有时名誉确实徒有虚名。

(崔　陟)

(题图:黄全昌)

# 绝 对

从前，金陵城里有一大户人家，主人姓徐，名祖荫，家财万贯，又知书达理。可就是家里人丁不旺，娶了三房妻室，可都未得一男半女，直到娶了第四房妾，才生了一个女儿，取名静仪。

静仪虽说是个女孩，可全家大小都对她欢喜得不得了，把她视作掌上明珠。令人称奇的是，静仪自小聪慧异常：三岁即能读书识字，且过目不忘；四岁便能吟诗作对，有常人不及的天赋。

一次，徐祖荫在自家花园里散步，看着满园鲜花争相绽放，不禁触景生情，脱口吟出一联："满堂花醉还多事。"

一旁正随丫环在玩耍的静仪，忽然应声道："顽石无言最可人。"

徐祖荫一听，不禁大为惊讶，要知道，当时静仪还不到五岁啊！打这以后，徐祖荫就更加喜欢静仪了，琴棋书画，悉心相授。

话说静仪长到十七岁时，已经出落得跟出水芙蓉一般，也到了该谈婚论嫁的时候了。此时，远近都知道徐家有一个美若天仙的才女，求亲的王公贵族一时趋之若鹜，几乎踏破了徐家门槛。然而，静仪择婿不求富贵显赫之家，却声称只要有人能对出她的三联，无论老幼她都愿嫁。

半年过去了，来应征的人自然不少，可还真没有一个能对出静仪出的三个上联，这让徐祖荫伤透了脑筋。

这一日，有一姓王名宝钥的英俊小生来徐府求见静仪，他说他是闻讯特地从千里之外赶来的。徐祖荫见王宝钥长相英俊，气宇不凡，心里不由先喜欢上了三分，连忙到后堂去嘱咐静仪，让她待会出联时切不可太偏太难，免得人家对不上来，错过了良缘。

静仪听了嘴上虽答应着，心下却不以为然，她对自己说："若无真才实学，我还是一样打发他走人。"

可等到了花厅，静仪一看到王宝钥，心里立刻就喜欢上了。于是寒暄过后，便娇羞道："公子，请听好，奴家要出上联了。"

王宝钥欣然点头："小姐，请！"

静仪吟道："青衫磊落，莫非太白转世？"

王宝钥听出静仪这是在夸自己，立刻应道："环佩叮当，原来仙女下凡。"

两人心意相通，不由相视而笑。

静仪又吟："文章千古好。"

王宝钥脱口道："仕途一时荣。"

坐在旁边的徐祖荫忍不住抚掌笑道："妙，妙极！我看今天就到这里吧，第三联过两天再对不迟。"说罢，便吩咐摆宴，为王宝钥洗尘，又安排下人布置客房。

接下来的几天，静仪与王宝钥不是在花园里闲庭散步，就是在书房里抚琴对弈,两相爱慕,情意绵绵。静仪绝口不提对联之事,最后还是王宝钥提出,要静仪不妨再出最后一联,对了之后好尽快喜结良缘。

谁知静仪却沉吟半晌,好一会儿才说:"这第三联不对也罢。"

王宝钥一惊:"这是为何?"

禁不住王宝钥一再追问,静仪说:"先前两联,只因家父有言在先,叫我不要为难公子,所以出得简单。这两日来与公子相随,感觉甚是投缘,所以不对也罢。"

可王宝钥年轻气盛,听了静仪此话深以为辱,当下便道:"小生本为联句求亲而来,岂能因大人和小姐眷顾而负初衷?请小姐即出第三联,小生若对不上,当告辞回乡,再不敢有非分之想。"

静仪见王宝钥将对自己的一腔深情于不顾,不免心中气极,不由恼道:"这可是你说的!"

恰巧这时,徐家有一仆人正在用锤子往墙上钉一根木楔,静仪见了当即吟道:"壁上钉楔楔钉壁。"

王宝钥一听,张张嘴,却忽然呆愣在了那里。因为静仪这句上联看似平淡无奇,却十分难对,王宝钥冥思苦想了半天,也没能对出下联来。

静仪心里顿时一阵抽紧,真是后悔不已。

她刚想重新出对,不料王宝钥却向她深施一礼,说:"小生才疏学浅,让小姐见笑了,就此告辞。"

静仪忍不住垂泪,对王宝钥说:"只要公子半年内能对出下联,咱们依然可续前缘。"

王宝钥却默然无语,转身走了。

一路上,王宝钥绞尽脑汁,回到家里也日思夜想。他满脑子只想着那句上联,恍恍然不觉过了数月。

一日,王宝钥信步来到江边,见那里泊着一条渔船,船上坐着个老翁,不一会儿,老翁摇着橹,将渔船朝对岸划去。王宝钥望着老翁手中的橹一下一下拨动着江面,脑子里不由灵光一闪:"有了!"当夜便收拾行装赶往金陵。

可让王宝钥万万想不到的是,当他来到徐府,那里早已物是人非。徐祖荫伤心地告诉他说:"你来晚了,静仪已于一月前在城外古梅庵削发为尼了,老夫苦劝无用,只得由她而去。"

原来,自打王宝钥走后,静仪再也无心联句应亲,整日里只盼着他快快回来。眼见半年之期已过,却仍不见王宝钥半个人影,静仪心里真是又伤心又悔恨,便要死要活地去古梅庵出了家。

王宝钥得此消息,失魂落魄地立刻奔古梅庵而去,好不容易见到静仪时,她已是一身出家人打扮,头上青丝俱剪。

王宝钥不禁潸然泪下:"小姐,是小生辜负了你啊!"

静仪却平静地说:"王公子,我已经不是小姐,而是出家人了,法名圆静。"

王宝钥长长地叹了一声,固执道:"小姐,我已经对出下联来了! 你听好,我的下联是:艄公摇橹橹摇梢。"

静仪听了默然半响,说:"对得真好,只可惜……"

王宝钥痛声道:"你不是说过,只要我对出下联,你我便可再续前缘么? 现在我对出下联来了,你当守信还俗才是!"

只见静仪的脸变得惨白惨白,她对着佛像诵一声:"阿弥陀佛! 我既离红尘,怎可再涉尘缘? 王公子,你还是死了这条心吧!"

王宝钥再三恳求,怎么也不肯离去。

静仪道:"既如此,我再出一联。你若对上了,我便还俗;若对不上来,从此便不可再来纠缠。"

王宝钥拼命点头,问道:"可有期限?"

静仪看看四周,但见青灯古佛,不由道:"王公子,你听好了。我这联是:寂寞寒窗空守寡。"

王宝钥一听,犹若跌进冰窖,半晌说不出话来。因为这七字联字字为宝盖头,且七个字将出家人的悲凉凄苦描绘得淋漓尽致,是真正的难对之联,或许就是一个绝对。他心里顿时明白,自己将让静仪还俗之事变得遥遥无期。

静仪看着王宝钥,此时心里真是翻江倒海,却只说了声"我还有功课",便进后堂去了。

王宝钥顿时万念俱灰,当天就在离古梅庵不远的一座庙里出家当了和尚。

光阴荏苒,一晃三年过去了,那静仪虽身在庵里,却日日为情所苦,久思成疾,竟然一病不起,没过多久就去世了。

王宝钥得知消息悲痛欲绝,这天,他来静仪坟前拜祭。时值初夏,那墓地旁的水洼中,不知怎的竟早早开出了一朵野莲花,王宝钥见了不禁泪流满面,认定这花是静仪所变,于是仰天大笑道:"小姐啊,你的上联'寂寞寒窗空守寡',下联我已有了,你听好了,我的下联是:退还莲迳返逍遥。"说罢,大笑三声,吐了一口鲜血,便就地坐化了。

做对联选夫婿,看似风雅,却不免作茧自缚,到头来竹篮打水一场空,空悲切。现代生活中的很多错过和无奈,也并非没有回转的余地,只不过是当时没有把握好机会而已。所以,遭遇悲剧的时候,不要总埋怨命运,把握当下才是最要紧的事。

(敖 冰)

(题图:黄全昌)

# 针线格格

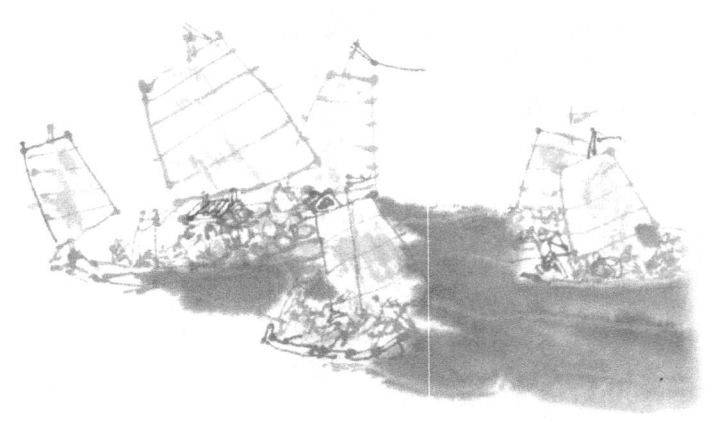

有一年,雍正令六王爷为督法御史,巡视扬州。六王爷接了圣旨不敢有半点耽搁,马上收拾行装,带着家眷,坐船直下扬州。

这天,官船浩浩荡荡来到江苏境内,刚要继续前行,不知从哪里杀出一只船来,拦住了去路。六王爷的管家厉声喝道:"来者是谁? 为何挡住我们去路?"

那船头上立着一个人,听到管家发问,"嘿嘿"一笑,说:"大爷我行不改名、坐不改姓,乃'水上蛇'何良是也!"

管家一听,不禁倒吸了一口凉气:水上蛇是京杭大运河上最有名的"漕帮"水贼,何良正是他们的头目。

管家立刻朝何良拱了拱手,说:"侠士,且慢动手,容我去禀报老爷。"说罢,转身即找六王爷商量去了。

六王爷这几天正偶感风寒,不能出来应对,不得已,就让针线格格女扮男装出阵。

这针线格格是六王爷的独生女儿,本名叫淑玉格格,因针线活儿技艺超群,就连皇太后有时都要请她到后宫去指点宫妃的针线,所以久而久之,大家就不叫她本名,而称她为"针线格格"。

在京城,针线格格比她爹六王爷的名气还响。

却说针线格格上了船头,迎风而立,刚要开口说话,那何良却抢先道:"官爷来到小的地盘,小的看见官爷的船吃水颇深,在下能否替你分担一些物品?"

所谓"吃水深",是指船上有很多值钱的东西;而"分担",其实就是打劫。

针线格格立刻应道:"我家老爷两袖清风,带的只是一些日常用品,还望侠士高抬贵手。"

何良哪里肯信,冷笑一声说:"既然阁下敬酒不吃吃罚酒,那就休怪我不客气。得罪了!"说罢,他一挥手,做了个"凿船"的手势。

何良的那帮手下早沉不住气了,见何良挥手,立刻一个浪里白条跃入水中,潜到官船船底,挥动利器就"乒乒乒乒"地凿了起来。

针线格格听到船底下突然有动静,吓了一跳,知道水上蛇要把官船凿沉。她脑子一转,也立刻传下话去,让家丁们如此这般行动起来……

此刻,何良就坐在自己船上喝酒听曲,单等着看好戏。可等了半天,前面的官船还是稳稳前行,他觉得挺奇怪,连忙派心腹下水去看,这才发现他手下刚才凿的那些船洞,全都被对手用"密缎"给钉住了。

原来,针线格格让家丁们在船底铺上了五寸长、四寸宽的密缎。这种密缎底三层、面三层、横竖经纬再三层,而且针脚密、线头细,是针线格格带领她的使女们前后足足花了半个月才绣成的。

一招未成,何良气得冲到船头,朝官船大喊:"哼,有本事你们莫逃! 待我追上了,有你们好看的!"

针线格格听何良这般吼叫,不气也不恼,呵呵一笑,招呼家丁又拿出随船带的"风缎",将它挂上桅杆,这下官船顿时风力大增,如离弦之箭般疾速前行。

原来,针线格格早就听说江南绣工甲天下,原本带这些风缎是为了求师访友的,不料现在却救急派上了大用场。这不,何良一看这鼓足了气的风缎,气得眼睛都瞪圆了。

其实,何良他们何家本来也是江南有名的"三针"世家,针织功夫在当地如雷贯耳,祖传有"一针绣人、二针画形、三针描神"的三针秘诀,只因清朝入关,家道中落,何良这才落草为寇。眼下,他见针线格格甩出如此一手,心里便有了想见识对方的念头。

何良传令手下放下白帆,然后从船舱里拿出织锦换上。这些织锦都是何家用三针秘诀织出来的,一成丝线,一成粗布,八成是中空的大麻,丝线与粗布遇风长劲,而中空更是借风无穷。

换上三针织锦之后,何良的船也立刻劈浪前行,没用半盏茶工夫就追上了针线格格的官船。可没想到,等何良让手下将船靠近官船后,却吓了一跳! 只见官船甲板上,赫然站着好几十个威武的官兵,个个手持弓箭,英气逼人。

何良自知自己手下绝对不是这些官兵的对手,他心里暗叫一声:"不好,今天碰上硬家伙了。"赶紧命令手下下帆减速,只求能避开官船。

让何良欣喜的是,那些官兵并没有追上来,他不觉松了一口气。

可是等把船停下来了,何良细细一琢磨,越琢磨越觉得不对劲了:那些官兵站在甲板上,为什么衣角都不随风飘动? 难道……他不觉叹一声:"上当了,那些官兵一定是绣在绸缎上的画。佩服,真是佩服了这小女子啊!"

不过何良并不甘心,当即命令手下又挂上船帆,继续追赶针线格格的官船。

于是在大运河上,两只船就这么一前一后地追逐起来。

很快,何良的船仗着自己三针织锦的挂帆,追上了官船。这次,他看清楚了,甲板上那些弯弓射箭的官兵,果然是绣在一张巨幅绸缎上的。不过出乎他意料的是,仔细看,这些官兵身上的衣服,衣角一直在随风飘动,手中的弓箭也在缓缓拉开……

何良那班手下一见此景,吓得纷纷躲进船舱。何良心中越发疑惑,忍不住纵身一跃,跳上了官船。

就在此时,官船上忽然传来一声娇喝:"下帆!"随后,针线格格从绸缎后面走了出来。此时她已恢复了女装,扶着一位年迈的老人来到甲板上。

何良迫不及待地问针线格格:"绸缎上的官兵,是你绣的吗?"

针线格格扶老人在太师椅上坐定,笑道:"何织造,此幅绸缎正是小女所绣,小女在何织造面前献丑了。"

何良一听针线格格称他"何织造",心里惊讶无比:她怎么会知道自己前朝时曾任过此职?何良当即朝针线格格抱拳施礼:"在下正是前朝织造,敢问姑娘何方人士?"

针线格格突然笑了,也不作答,而是回头对老人道:"父王,现在该您向何织造交代了。"

何良这才注意到老人身上的官服,上面有紫色的"王"字,不禁失声道:"您是当朝六王爷?在下多有得罪,还望王爷原谅!"

六王爷捋着胡须笑道:"小女班门弄斧,见笑见笑,何织造不必客气。"

何良指着绸缎上那些栩栩如生的官兵形象,对针线格格道:

"这些都出自姑娘之手？望能指教一二……"

何良这么一说，针线格格倒不好意思了："这是我自个儿寻思的双面绣织法，待风吹拂时，外层可迎风而舞，里层却能保持不动。"

何良闻言，不禁"啧啧"称奇。

六王爷在一旁打趣说："嘿嘿，不瞒何织造，老夫此行特地在船舱里载了几块大石头，以造成船载厚物吃水深之假象，让何织造盯上我们。"

"为什么？"何良似有不解。

六王爷也不言语，吩咐管家拿来火折子，"腾"地一下就把针线格格亲手绣的那幅双面绣官兵画缎给点着了。

何良猛吃一惊，伸手就去阻。

六王爷一挡手，正色道："这双面绣画缎固然精良，可真正称得上国宝的，是你们何家的三针织锦啊！想当年扬州如何繁华，可眼下到处民不聊生，老百姓所缺的，是抵御风寒的衣服，而不是华而不实的绣品。请何织造看在扬州百姓的分上，与老朽一起重振扬州织业，如何？"

六王爷此番话一出，何良立刻"扑通"跪倒在了甲板上，含泪道："小民愿听王爷教诲，献一技之长，为天下百姓造福。"

当下，何良便宣布解散漕帮，跟随六王爷下江南……

扬州丝绸名闻天下，早在唐代，扬州就已成为海上丝绸之路的著名港口，在清朝更有"布都"之称。据说，天下十件衣服，就有九件出自扬州。那些关于针织刺绣的民间故事，更如同一份珍贵的民间记忆，在历史的长河中蜿蜒流转。

（汤　娜）

（题图：黄全昌）

# 白 话 市 井

无论是泼皮无赖还是县衙知府，无论是高超画手还是地主老财，他们的故事，活脱脱渲染出一幅光怪陆离的市井风俗画。

画匠与财迷

　　早先,保定黄庄有户姓黄的大财主,家里骡马成群,牛羊满圈。可是,黄老财主却惜财如命,遇事儿非要占点便宜不可,所以人送外号"老财迷"。

　　有一天,老财迷请一个远近闻名的老画匠来给他大儿子画像。这老画匠的画技十分了得,画鸟儿添翅能飞,画鱼儿见水即游,而且不但会画,还会给画题诗。名画配妙诗,人人叫好,所以老画匠在这一带有"神画匠"之称。不过,老画匠深知老财迷的为人,所以没画之前就给老财迷讲定,画像可以,他得收五十两银子。怕口说无凭,他又要老财迷立字据为证。

　　这个老财迷有三个儿子,彼此相貌相差无几,另外两个儿子见老画匠要给哥哥画像,都挺有兴趣地凑过来看。老画匠瞧了这三个宝贝一眼,提笔便画,画完之后,略一沉吟,又信手在画上题:相貌堂堂,挂在中堂;有人来问,黄家大郎。

老财迷翻来覆去地端详着这幅画,不得不佩服老画匠的妙笔神工。不过高兴过后,他又十分心痛。心痛啥?既然老画匠画得好,那五十两银子不是就要付给他了吗?

于是,老财迷眼珠一转,脑袋一摇,指着画说:"这哪像大郎呀,我瞧着倒怎么像三郎啊?"

老财迷自以为这样一赖,五十两银子就可以不给老画匠了。岂知老画匠只轻轻一笑,就提笔在每句后面加了两个字。

老财迷一看,现在题诗成了:相貌堂堂无比,挂在中堂屋里;有人来问是谁?黄家大郎三弟。

老财迷傻眼了,又在心里盘算起来:哼,我再给他出出难题,看他如何应付?他眨眨眼睛,故作迷糊样儿,对老画匠说:"不对,不对,我刚才看花眼了,这哪是三郎,我看还是最像二郎。"

老画匠倒也挺沉得住气,他不急也不恼,嘿嘿一笑,提起笔来,又在每句后面加了两个字。

这回老财迷一看,更加惊得合不拢嘴了。原来,老画匠只添了八个字,这题诗就改成了:相貌堂堂无比之容,挂在中堂屋里之中;有人来问是谁之像,黄家大郎三弟之兄。

这一回就是打官司,老财迷也没话可说了,只好乖乖掏出五十两银子给老画匠。

商场如战场,双方绞尽脑汁,无非是为了各自得益。精明画师的经验告诉我们:以处变不惊的态度沉着应对,兵来将挡,水来土掩,以柔克刚,出奇制胜,再刁钻的难题也能迎刃而解。

(刘胜英 搜集整理)<br>(题图:蔡解强)

# 灶王奶奶闹离婚

　　从前有个姓迟的秀才,常常因为放不下读书人的架子去挣钱,所以他和女人的日子过得很苦。这不,马上就要过年了,可他们家不但办不上年货,就连下锅的米都没着落。

　　这天,女人剪了些纸,要拿到集上去卖了,挣几个钱回来买米,但迟秀才却把她拦住了。迟秀才说:"你一个妇道人家,怎么可以出去抛头露面呢?"

　　女人指着空空的米缸,问迟秀才:"那咋办? 家里一点吃的都没了。要不,你拿去集上卖?"

　　迟秀才一听,连连摆手:"这更使不得了。想我堂堂读书之人,怎能出去卖这种东西? 我可丢不起这个脸面。"

　　可巧有个大户人家的管家这时找上门来,说是要过年了,他们家老爷请迟秀才过去帮忙写几副对联。迟秀才犹豫着不肯挪步,女人劝他说:"你还是去吧,好歹能挣几个润笔钱回来,我们可以买点下锅的米。再说,写对联就是你们读书人干的事,这丢不了你什么脸面呀!"

被女人这么一劝,迟秀才想想也是,这才跟了那管家去。

迟秀才走后没多久,屋外突然响起阵阵爆竹声,女人一想:对了,今天是灶王爷上天的日子呀!迟秀才家里终年供着灶王爷,后来心灵手巧的女人觉得灶王爷独自一个太寂寞,就剪了个灶王奶奶,贴在灶王爷的旁边,一起供着。此时灶王爷上天去了,这屋里不就只剩下女人和灶王奶奶两个了吗?

女人不由走进灶房,对着墙上的灶王奶奶说:"灶王奶奶呀,屋里就剩咱们两个女人了,咱俩唠唠心里话好吗? 您说我男人这么死要脸面,往后我这日子可咋过呀? 唉……"

本来,女人只是觉得心里堵得慌,忍不住嘴里叨叨咕咕的,却不料墙上那灶王奶奶真就眼珠翻愣翻愣地开口说起话来。

灶王奶奶对女人说:"这种男人,你跟他还有啥好过? 不如离了算了。"

起初,女人见灶王奶奶突然开口说话,心里很害怕,可一听灶王奶奶这么说,就光顾生气了。女人说:"您这老奶奶,这么一大把年纪了,怎么说话好没深浅? 俗话说:'宁拆十座庙,不破一门婚。'自古只有劝和,哪有劝离的? 我看灶王爷整天脏兮兮,脸黑得跟锅底似的,您咋不跟他离呢?"

灶王奶奶被女人说得脸上一阵红、一阵白,她分辨道:"我老头脸是黑了点儿,看上去脏了点儿,可他知道疼我呀!"

女人不服气,说:"我男人也疼我的呀!"

灶王奶奶一听,不屑地笑了:"你拉倒吧! 我老头好歹能常挣回些供品,让我得个饱肚,可你男人呢,米缸里连一粒米都没有,还疼你什么呀?"

灶王奶奶这话刺到了女人的痛处,女人心里一阵酸楚,于是便低下头不再吱声了。

灶王奶奶劝女人说:"我都这么大把年纪了,还能让你吃亏吗?你听我的话没错,赶快跟这男人离了,好再另找一个。记住,这回可得找一个能正经挣钱养活你的人。"

女人被灶王奶奶劝得心有些活,她犹豫了好一会儿,为难地说:"可是……可是我男人一直对我很好,我就是想离,他也不肯休我的呀!"

"这你不用担心,"灶王奶奶对女人说,"我来帮你的忙,保证让他休了你就是……"

灶王奶奶刚说到这儿,无意中抬眼往屋外一瞧,突然惊叫一声:"哎呀,你男人回来了!"就立刻一步从墙上跳了下来。

灶王奶奶刚从墙上跳下来时,还是个干巴老太太,可她跑过去顶上门再转身过来时,已经变成了一个高大英俊的美男子。

女人不禁惊讶万分:"您……您咋变成个男人了呢?"

灶王奶奶也不说话,只是笑嘻嘻地过来扯女人。

就在这时,"咚咚咚"迟秀才在屋外敲起门来,女人要去开门,灶王奶奶硬扯着不让她去。

迟秀才见敲不开门,就扒着窗子往里瞧,不得了,他看到有个美男子,正在和自己的女人拉拉扯扯。迟秀才气得脸发青,也不知哪来的力气,"嗵"一下就把房门撞开,冲了进去,女人还没弄清是怎么回事,迟秀才上来就朝她"啪啪"甩了两个嘴巴:"我辛辛苦苦去挣钱,你倒好,竟在家里干起这种事来?"迟秀才一改往日的书生模样,在他看来,女人做这种事情,真正让男人丢尽了脸面。

女人立刻意识到了事情的严重性,连忙给男人解释:"不是……刚才那是灶王奶奶……"

"什么灶王奶奶?"迟秀才打断女人的话,恨恨地说道,"耳听为虚,眼见为实。明明是我亲眼所见,你还嘴硬? 你痛痛快快把那小白脸给我交出来!"

女人心里实在委屈:"哪里有什么小白脸,那真是灶王奶奶呀!"

可无论女人怎么解释,迟秀才都不信,一封休书就将女人给休了。女人伤心得失声痛哭,可是又有什么办法呢,她只好一步一回头地离开了这个家。

女人一走,屋子里顿时就显得空空荡荡的,迟秀才心里也不免感到空落落起来,可一想到刚才女人那丑样,他心里的火气又蹿了上来。

谁料就在这时候,已经走出门去的女人又跑了回来,对迟秀才说:"我刚才忘了,你走后,我找出家里还剩下的那两只土豆,在锅里煮熟了,你出去累大半天,趁这会儿锅里的土豆还热着,赶紧把它吃了吧。"

迟秀才见女人已经被休了还这么体贴自己,又见她穿的那一身破旧衣衫,心里顿时涌上一股说不出的滋味,他将手揣进怀里,掏出一些碎银,递给女人。

女人不肯要。女人说:"你辛辛苦苦给人家写对子,好不容易才挣回这点儿银子,我咋忍心拿走呀? 你还是自己留着买点儿米下锅吧!"

迟秀才一听,心里涩涩的,对女人说:"你不用替我担心,我已经答应给人家当私塾先生,往后生活有着落了。倒是你,无依无靠的,咋办哪?"

女人摇摇头,说:"你不必为我操心,能活我就活,实在活不下去,我就……"说到这儿,女人泣不成声。

迟秀才此时真是心如刀绞,他一把拉住女人,说:"只要你跟那个野男人一刀两断,你……你就还是我的好娘子。"

"哪有什么野男人?"女人一跺脚,扯着迟秀才来到灶王奶奶像前，嗔怪道，"灶王奶奶呀灶王奶奶，都是您老人家出的馊主意，变成男人来激我丈夫休了我。现在他已经把我休了，您可得还我个清白，否则我没脸再活在这世上了。"

见女人真要为此去寻短见，灶王奶奶沉不住气了，她眼珠"骨碌碌"转了两下，便从墙上下来了，刚落地时是个老太太，但身子一晃，就变成了刚才迟秀才看到的那个小白脸。就在迟秀才发愣时，她冲迟秀才诡谲一笑，然后扭身回到墙上，又成了灶王奶奶。

迟秀才这才明白是自己错怪了女人，慌忙再三请罪。女人自然谅解了他，夫妻俩重又和好如初。

不料灶王爷从天上回来后得知此事，跟灶王奶奶大吵起来。灶王爷埋怨灶王奶奶说："你这死老太婆，有你这么干的吗？只有劝人家夫妻和好，哪有挑拨人家的道理？"

灶王奶奶知道自己办了蠢事，便赶紧认错，可灶王爷不依不饶，非要休掉灶王奶奶不可，弄得灶王奶奶"呜呜呜"地直哭。

第二天一早，迟秀才夫妻俩醒来都说，自己昨晚做了个奇怪的梦，梦见灶王爷跟灶王奶奶闹离婚，小两口于是便跑去灶房看。一看，不由吃了一惊，只见灶王奶奶已经从墙上掉了下来，而灶王爷呢，正吹胡子瞪眼地瞅着地上的灶王奶奶生气哩！

小两口忙将灶王奶奶的剪纸像重新贴上墙，又好言相劝了一阵，灶王爷和灶王奶奶这才都露出了笑模样。

我国民间故事塑造出来的神灵，大多具有现世常人的性格特点，他们通情达理，爱憎分明，有的甚至还有些多管闲事。在这个"人神共存"的虚构情景中，逐渐形成了独具中国特色的民间生活场。

（夏英恒　搜集整理）

（题图：俞耀庭）

张
大
嘴

乾隆年间,安徽和县有一个张仁义,平时最喜欢蹭吃蹭喝,总是削尖了脑袋挖空心思去吃人家白食。时间一长,大家都看穿了他的花花肠子,便给他取了个绰号,叫他"张大嘴"。

不过从此以后,不管这个张大嘴这张大嘴再怎么"耍花枪",大家就是不上他的当,不请他的客。张大嘴没了白食吃,急得到处转,后来听到"上有天堂,下有苏杭"一说,便立马奔杭州去了。

到了杭州之后,张大嘴舍不得花钱住店,想来想去,脑筋动到了寺庙。可一打听,西湖周围的庙观都被游客住满了,只有一座兴教寺,据说因为那里在闹大仙,这才没人敢去。张大嘴心想:不就是大仙嘛,有什么好怕的? 于是就找到那里,住了下来。

当晚,张大嘴正在寺里转悠,突然看到有个老头直往寺后和尚住的屋走去,他觉得很奇怪:和尚屋里怎么会住个老头呢? 再看老头鹤发童颜的相貌,身上颇显几分仙气,心里不由一动:此人莫不是传说中的那个大仙? 于是赶紧上前拱手作揖:"大仙在上,小生这厢有礼了!"

老头听到有人招呼,停住了脚,回过头来,将张大嘴上下打量一番,拱拱手,说:"不敢当! 不敢当!"

张大嘴肚子正饿得咕咕叫呢,赶紧巴结说:"小生就在寺里寄宿,不知大仙可否赏脸去小生客房坐坐?"

老头一听,倒也不客气,跟着张大嘴就去了他的客房。

张大嘴给老头让座,说:"敢问大仙尊号?"

老头笑道:"你叫我吴刚子好了。"

张大嘴愣住了:"可是在月中砍桂花树的那位吴刚?"

吴刚子摇摇手,说:"那是多少年前的事了,我那时犯了点小过,所以被罚,现在早不去了。"

这吴刚子果然是神仙,张大嘴心中不由暗喜。他转着眼珠,试探说:"小生得遇大仙,今日真是有幸! 小生真想略备薄酒,以庆今日之欢,只是……"

没想吴刚子道:"我久住在此,怎好初次见面就让你做东? 还是由我来尽地主之谊才是。"

吴刚子主动请客,正中张大嘴下怀,张大嘴赶紧顺水推舟说:"既是如此,那小生就恭敬不如从命了。"

吴刚子毕竟是仙家,张大嘴见他只抬手将衣袖往桌面上轻轻一拂,原本空空的桌上,竟突然出现了满满一桌美味佳肴,还有一大锅热乎乎的汤和一钵陈年"女儿红"。

张大嘴登时兴奋得眼睛发亮,他扑上去仔细一看:四个盘子里,一盘碧玉雪藕,一盘醉蟹,一盘生蚶子,一盘冻鸡;还有四碗菜,一碗莼菜腰子,一碗酥骨鲫鱼,一碗清供野鸭,一碗银鱼炒鳝;汤是小鸡二色莲子汤。

这些菜别看它们清淡,可都是西湖名品,张大嘴立刻馋得口水都流下来了。哇!难怪大家说"上有天堂,下有苏杭",想想自己过去在老家吃的,那是什么东西?简直就是狗屁!

这一顿吃,把张大嘴的胃口给彻底吊上来了。从第二天开始,他就天天缠着吴刚子,说:"你只要把袖子朝桌上拂拂,一桌酒菜就来了,何不多拂些好吃的,好让我这凡夫俗子开开眼呢?"

吴刚子被张大嘴缠不过,有时就给他拂些菜啊汤啊什么的来,张大嘴经常是吃得东倒西歪了才作罢。可是好景不长,这样的日子过了没多久,有一天吴刚子就突然消失,再也不见了影子。起初,张大嘴心里还很得意:哈,居然大仙也被我吃怕了!可两天一过没见吴刚子,他熬不住了,现在可不比从前,吃惯了好的,一没了吃,更难受。

别人是怕大仙,不敢来寺里住,张大嘴倒好,特地跑到和尚住的地方去,吵着闹着要见大仙。可不管他怎么吵,怎么闹,吴刚子就是没了踪影,张大嘴没办法,只得成天唉声叹气。

这天,张大嘴实在熬不下去了,就思忖着再去别处转转。可没想,他收拾包裹的时候,突然发现原先放在包裹里的那几件替换衣服不见了,就剩下两张纸在那儿。

他捡起一看,险些气昏过去,原来这是吴刚子留给他的账单和典当铺的当票!账单上清清楚楚记着:某月某日,当衣物多少多少;某月某日,付酒菜多少多少。没缺一席,也没多记一次,收支两抵,正正好好。

张大嘴这时真恨不得扇自己俩嘴巴,没想这些天来,吃的喝的原来竟都是自己的!现在可好,不仅杭州呆不下去,就连回老家的盘缠都没有了,张大嘴落得个只好一路讨饭回乡的地步,这下倒真是张开大嘴吃四方了。

有人于是就借《西江月》词牌,讽刺张大嘴说:"生就一张大嘴,天生吃尽东西,山珍海味不稀奇,最好来回洋的。谁知开箱倒笼,钱财衣物齐飞,当时吃得笑嘻嘻,吃的原是自己!"

贪心吃货的最大悲剧,就是酣梦酒醒之后,发现饕餮的一切不是免费的,而要自己买单。这个故事再次向我们证明了一个真理——天上不会掉馅饼,贪小便宜需谨慎!

（万文武）

（题图:魏忠善）

# 新知县选才

　　有个新到任的知县,接任后发觉,衙门里的衙役,不是老弱病残便是酒色之徒,要办事时不见踪影,有什么好处却你争我抢,闹个不休。他于是下决心搞人事改革,让老弱病残者病退回家,把游手好闲者统统辞退,最后只留下张三和李二两个人。

　　可是堂堂衙门,只有两个衙役怎么行?

　　新知县于是就对张三和李二说:"本老爷决定不拘一格选人才,从明天起,你们俩替我去物色三个人来。一个要急性子,急到吃赤虾等不及壳烧红;再一个要'温吞水'慢性子,火烧到屁股也不跳;还有一个爱贪便宜,雁过都想拔根毛。这件事,限你们一个星期去办! 办好了,重重地奖;办不好,重重地罚。"

　　张三和李二一听,心想:抓个小偷、逮个毛贼还好办,找这三种人,总不能在大街上直截了当去问人家是不是？要真这么问,人家不请你吃耳光才怪哩。但既是知县大人交待,不办不行呀。

怎么办？张三和李二想来想去,只有去大街小巷找,于是便一头上了街。

可难办的是,一个星期过去了,三种人他们一种也没有找到。两人交不了差,被新知县打了四十大板,新知县说再给他们一个星期,办不好,就让他们卷铺盖回家。

两人捂着屁股走出衙门,张三叹口气,对李二说:"看来咱俩这碗饭是没法吃了,与其到时候炒鱿鱼,还不如咱自个儿识相,卷铺盖走人算了。"

李二一听直点头:"对,此处不留爷,自有留爷处。咱不干了,喝酒去,肚子饿了呢!"

两人来到一家酒店,看见店门口有两个人正坐在街沿石上下棋,一个跳马,一个飞相,杀得难解难分。这时候,匆匆跑来一个小孩,对其中一个说:"爹,不好了,家里着火了,娘叫你快回去。"

谁知那人头也不抬,慢吞吞地说:"急什么,等我这盘棋下完再说。"

反倒是他那对手坐不住了:"你家着火了,你还下什么棋?当然是救火要紧,快回去!"说着,就要收棋盘。

那人一看急了,抓住他的手不放:"火烧的是我家,又不是你家。我不急,你急什么?"

张三和李二一看这情景,顿时乐了:天底下竟还有这样火烧屁股不跳的人？他们立刻拿出铁锁,上去"哗啦啦"把那人锁了:"别下棋啦,等会儿跟我们去见县老爷。"

说罢,两人走进酒店,要了些酒菜,打算先吃饱肚子再说。

张三和李二正吃着,外面急匆匆进来一位壮汉,刚坐下就拍着桌子说:"快,老板,给我来碗阳春面!"

店小二应了一声,正要去办,那壮汉又大喊起来:"店里的人都死光了吗?还不快把面给我端来?"

店小二被壮汉这么一催,就立刻大步小跑地奔进奔出,片刻工夫把一碗热气腾腾的阳春面端了上来。可谁知,他刚把碗端上桌,就"啪"把碗一扣,"哗"地将面倒在了桌上。

壮汉傻眼了:"我还没吃,你怎么就把面倒了?"

店小二朝他一瞪眼:"你急着要吃,我还急着要洗碗哩!"

张三和李二一看,不约而同地从座位上跳了起来,拿出铁锁上去就"哗啦啦"把店小二也给锁了:"想不到你躲在这里?走,跟我们见老爷去!"两个人乐得酒也不喝了,拉过"急性子"和"慢性子",就朝衙门走去。一路上,他们想想还缺个爱贪小便宜的,到哪里去找呢?

正在这时,前面传来一阵闹嚷声,两人急步过去一看,原来是烧饼摊上有人在争吵。买烧饼的嘴里说要买,手却在摊桌上乱划,趁机把落在桌上的芝麻都蘸着往嘴里送,最后发现还有一粒嵌在桌缝里蘸不到,急得脸都红了。

店老板生气地问他:"你到底买不买烧饼?"

那人假装生气,用拳头往桌上一擂,说:"谁说我不买?"趁机就把桌缝里的芝麻蹦出来,手指一蘸,送进了嘴里。

天底下再到哪里去找如此贪小便宜的人?张三和李二见了心中大喜,赶紧把他一起锁了,带往县衙。

果然,新知县见了十分满意,重重地奖了他们两个,然后根据这三个人的特长,给他们分了工:急性子做他的随从,有什么急事准误不了;慢性子给他看小孩,反正孩子再怎么顽皮,他也不会着急;贪小便宜的专门做他的买办,保证不吃亏。

这天,顶头上司要来视察,按规定,新知县要去三里路外的接官亭迎接。新知县叫急性子去备马,可那马欺生,不肯上鞍,急怔子急了,拿起铡草料的铡刀,"嚓"一下就把马头给砍了。

新知县换好官服出来，一看："你怎么把马砍了？"

急性子说："我想备鞍，可它偷懒，不听话。"

新知县愁死了："你把我的马砍了，我怎么去接上司呀？"

急性子说："没事，我背你。"说着，背起新知县就跑。

新知县见他如此卖力，就说："你跟着老爷我好好干，我回去赏你二十两银子。"

谁知那急性子一听，立刻"嗵"地跪地谢恩。他这一跪一谢不要紧，却把新知县从背上重重地摔下来，摔了个狗吃屎不说，额上还肿起个大包。

办完公事，回到衙门，新知县额上还在隐隐作痛，他看见慢性子一个人正坐在井边悠悠地晒太阳，便问他："少爷呢？"

慢性子朝新知县眨眨眼睛："你问哪个少爷？"

"大少爷！"

"大少爷不是上学去了吗？"

"那二少爷呢？"

慢性子朝井边努努嘴："掉井里了。"

"啊？"新知县一听急了，"什么时候掉井里了？"

慢性子慢吞吞地说："一大早就掉进去啦！"

"那你怎么不早说呢？"

"急什么，反正已经掉井里，他不会再跑其他地方去了。"

新知县一听差点昏倒，赶紧要叫人把孩子从井里捞起来。

可慢性子却坐在那里，不紧不慢地说："反正已经死了，今天捞、明天捞不是一样吗？"

新知县一听，气得直翻白眼。

新知县死了儿子，买棺材的事理所当然地轮到那个当了买办的"贪小便宜"来办。贪小便宜走进棺材铺，这边看看，那边摸摸，最后，看中一口超大棺材，问掌柜多少钱。

掌柜说："既然是县太爷家的，便宜些，二十两银子。"

贪小便宜一听跳了起来:"你是在说昏话吗? 最多十两银子。"

掌柜哪里肯:"十两银子? 料钱都不够。"

"那十二两?"

"不行,最少十五两。"

"十四两! 十四两总行了吧?"

"十四两不卖,"老板坚决摇头,"你到别处买去吧。"

贪小便宜见没戏唱,只好说:"十五两就十五两吧。"

他拿出二十两银子,趁掌柜到里面找零时,急忙把旁边一口小棺材装进了超大棺材里,等掌柜找完钱给他,他就让人帮忙,把那两口棺材一起扛回来了。

新知县见扛了个这么大的棺材回来,很不高兴,责怪说:"买这么大棺材回来干吗?"

贪小便宜说:"老爷,你别急,里面有口小的哩。"

新知县一听更火了:"谁叫你买两口棺材回来的?"

贪小便宜说:"老爷,小的给小少爷睡,大的给大少爷留着。万一哪天大少爷死了,你就不用再买啦!"

这个令人啼笑皆非的故事告诉我们:"不拘一格降人才"的态度固然不错,依照员工个性将其安排到匹配的岗位也在情理之中。但任何事情都有其两面性,一种性格优势的背面,往往就是无法排除的缺陷。或许,这就是当代社会职场中,提倡综合考量员工素质、鼓励团队协作、提高办事效率的理由吧。

(张道余　改编)

(**题图**:刘斌昆)

# 吓死人的黄马褂

　　同治三年,太平天国运动失败,骄横跋扈的湘军开始大规模裁减人员,小兵小卒自然免不了要遭遣散,就是一些在镇压太平军时立下汗马功劳的一品军门提督,也不能幸免,只领了几个月的恩饷,便回家自谋生路。

　　一时间,湘军地面上游官散勇多如牛毛。

　　这年冬天,湘西县令带领三班衙役去南河街抓赌,赌徒们听到风声,转眼间一个个都逃得无影无踪,只有年龄大一点的那个由于手脚不灵便,被抓了个正着。

　　一个衙役走上去,"啪啪"两皮鞭劈头盖脸就朝这个赌徒打下去,那家伙的脸立刻血肉模糊。赌徒被打怒了,只见他从桌上拿过一个包袱,从里面取出一顶挂着单眼花翎的帽子,把它往头上一戴，又解开身上的衣服扣子，"哗"地一撩，指着衙役的鼻子破口大骂："王八蛋，你狗眼看看清楚，爷穿的是什么！"

县令推开衙役，凑上去一看，惊呆了：这人身上穿的，竟是皇上御赐的黄马褂。

县令知道，这黄马褂只有功勋显赫的人皇帝才会赏赐给他，这可是了不得的荣耀呀，现在打了他，自己岂不是活得不耐烦了？他顿时惊出一身冷汗，带着衙役转身就跑。

回到县衙后，县令还心有余悸，他立刻升堂，大骂刚才打人的那个衙役："你这狗奴才，他穿的是皇帝御赐的黄马褂，打他就是犯欺君之罪。你在我手下做事，这叫我怎么担待得起呀？来人，给我重打二十大板，也好给大家有个教训！"

谁知县令话音刚落，忽听那衙役一声大喝："且慢！"

这一喊，把满堂的人都惊呆了：这小子好大的胆，竟敢咆哮公堂？

县令大怒，正要斥骂，却听见那衙役不紧不慢地说："他穿的是黄马褂，戴的是单眼花翎帽，你再看看我穿戴的是什么？"

那衙役说着，顺手从腰间取出一顶帽子戴上，帽顶上竟是双眼花翎；他随即也解开衣扣，袒胸一晃，不得了，里面穿的竟也是一件吓死人的黄马褂！

县令吓得魂飞魄散，跌跌撞撞地走下堂来，伸手搀住衙役，结结巴巴地说："请大人恕罪，卑职该死，卑职该死！"

　　一顶单眼花翎帽，一件黄马褂，成了某些人身份的象征，成了功力无边的免责护身符。古代社会如此，当今社会也难逃此嫌。由穿戴识身份，由座驾识官位，真真假假，虚虚实实，如雾里看花，难以分辨。

(李　博)

(题图:黄全昌)

早先,有个懒汉叫张三,长得一身巴子肉,却出力就怕死。久而久之,他竟懒出了一些窍门,吃了不少白食。

一次农忙时节,有个东家要雇短工,时间是一个月,张三知道后,赶紧去应聘。

东家看张三长得腰圆体壮的样子,对他很满意,但张三却向东家提出四点要求。

哪四点?张三掰着指头说:"一,不腾空走路;二,不与哑巴对话;三,不倒行逆施;四,不抛石头上天。"

东家听完心想:干活又不是杂耍,还要做这些古怪动作干吗?于是就点头答应,把他留下了。

第二天,东家吩咐张三:"秧田里没水了,你抓紧把水车满,待会儿我安排人去栽田。"

张三说："我不去，我有言在先的，用脚车水，那不是腾空走路吗？"

东家愣了愣，转而一想，说："你不车水，那就去使牛吧，把田耕细点。"

张三说："我不去，我有言在先的，不与哑巴对话。那牛形同哑巴，我若是光使它不吆喝，它如何动作？"

东家一听心里挺生气："既然如此，你去栽秧吧，跟上趟，不许偷懒。"

张三摇摇头说："我不去，我有言在先的，不倒行逆施。栽秧不倒退走路，怎么个栽法？你倒做个示范给我看看！"

东家喉咙立刻响了，说："这不去，那不去，你去舂米吧，反正你有的是力气。"

张三嗓门也不低，说："这我也不能去，我有言在先的，不抛石头上天。那舂米的对嘴，抢到头顶上去，不是抛石头上天了吗？"

东家顿时气得七窍生烟，骂张三是懒汉百分百，混蛋不打折，活脱脱赖皮一个。

要想做一个百分百的懒汉，是需要学问的。很多时候，发懒，也是一种讨巧的艺术。

（钱太玉　搜集整理）

（**题图**：蔡解强）

# 二流子出丑

这天,郝县官带着随从骑马下乡巡视,路上忽见一后生,正"噜噜噜"地打着赤脚大步在前面走,手里却拎着一双布鞋。

郝县官心里不免感到奇怪:布鞋又不值几个钱,而脚下这条路碎石连片,再结实的脚也经不起这么磨的呀,这后生为什么有鞋不穿呢?莫非其中还有隐情?或者他是个疯子?于是便催马紧走几步赶了上去,想弄个明白。

那后生听到马蹄声响,便很有礼貌地让到一边。郝县官看此人憨厚老实,不像有病之人,就命随从停步,将后生叫到跟前。

那后生以为自己挡了郝县官的道,立刻慌了手脚,跪在马前战战兢兢地说:"小的不知老爷从此经过,还请老爷恕罪。"

郝县官说:"老爷不怪于你,老爷只是见你拿着鞋子而赤脚走路,很想知道其情为何?"

后生一听郝县官这么问,喉咙不免有些哽咽,说:"不瞒老爷,小的因为家境贫寒,三十来岁尚未娶妻,只有八十老母与小的相依为命,苦度日月。平时,老母为小的做一双鞋足足要半年时光,她老眼昏花,看不准针眼,常常将自己的手指扎破,鲜血直流,做儿子的真是看在眼里疼在心上。所以小的视这双鞋比自己性命还金贵,平时一直舍不得穿它,只是在回家见老母时才套一套脚,让老母看着高兴,出了家门我就脱了它……"

郝县官被后生这番话深深地感动了,他即刻翻身下马,伸手扶起后生,赞叹道:"你真是一个大孝子啊!老爷我今天非但不怪罪你,而且还要重重地赏你。来人呀——"

郝县官一声令喝,手下随从立刻应声过来,郝县官吩咐:"拿五十两白银来,给这后生。"

郝县官对后生说:"你拿着这些银子回去,好好孝敬老母,再快快给她娶个媳妇。从今往后,若有什么难处,尽可来府上找我,你可不能不认我这个老哥啊!"说罢,带着随从策马而去。

那后生捧着手里的五十两白银,觉得自己就像在做梦一样。回到村里,他把前后事儿一说,四邻八乡立刻就传开了。

有个二流子,成天游手好闲,还不时干点偷鸡摸狗的事,听说人家赤脚走路发了家,非常眼红,私下里就琢磨开了,想着自己怎么有朝一日也能撞上这样的机会。

说也凑巧,这时候正好邻村出了一件命案,传说郝县官第二天要亲自下来验尸,二流子灵机一动,便想出了一个主意。

第二天一早,二流子就到大路上等着了。过了好一阵,果然见前方尘土飞扬,来了一队人马,二流子赶紧脱鞋,将它们抱在怀里,然后迎着大队人马走去,为了郝县官不至于因为赶路不理睬自己,他索性大模大样地走在路中央,片刻就和郝县官碰上了。

郝县官不觉皱了皱眉头,问:"你怎么也赤脚走路?"

二流子连忙点头哈腰地回答说:"回老爷的话,只因小的家境贫寒,好不容易娶了个媳妇,可眼睛还有病,她给小的做一双鞋得半年时光,小的见她如此辛苦,于心不忍,所以……"

"所以你就舍不得穿?"

"小的想省着点。"

"这么说来,你是非常喜欢你这个媳妇的啰?"

"是的,不怕老爷笑话。"

"哼!"郝县官鼻子里冷冷地哼了一声,说,"你手里的鞋子是老婆做的,而你的身子是爹娘给的,你情愿要顾惜老婆的辛苦,而故意糟蹋爹娘给你的身子,这有什么好怜悯的? 来人呀,给我重打二十大板!"

衙役中有不少人都认得这个二流子,刚才远远认出他后,他们已经报告给了郝县官,所以郝县官也是故意借这个机会教训二流子。此刻,衙役们闻得郝县官下令,立刻蜂拥而上,将二流子按倒在地上一阵猛打,而后才继续跟着郝县官赶路。

望着大队人马远去的背影,二流子痛得"哇哇"乱叫,心里这个悔啊! 没办法,他只好硬撑着身子,"哼哼唧唧"地从地上爬起来,一瘸一拐地走回村里去。

可他还没走到村口,就听一群孩子冲着他大唱:"二流子,不要脸,赤脚走路想骗钱,重重打了二十板,屁股得了大赏钱。"

二流子肠子都悔青了:这回的丑出大啦!

　　自古"东施效颦"的故事屡见不鲜,这则也是。所谓"身体发肤授之父母",真诚的孝心虽显荒谬,却能感天动地。为谋利而效仿的理由,经不起推敲,反倒偷鸡蚀米。用现在的话总结一句,就是"孝心不可复制,真情无法效仿"!

　　　　　　　　　　　　　　　　　(王艾仁　张成基)

　　　　　　　　　　　　　　　　　(题图:黄全昌)

# 灵 机 一 动

很多时候,灵机一动,就会化险为
夷,化平淡为惊奇,化腐朽为神奇。

# 加油

　　刘伯温帮助朱元璋建立明朝,是位家喻户晓的人物,大家对他既佩服又敬重,把他喻作三国时候谋略盖世的诸葛亮。有歌谣曰:"前朝军师诸葛亮,后面有个刘伯温。"

　　可是这歌谣传到刘伯温耳朵里,刘伯温心里不是个滋味,要不是晚生了这么多年,他还真想与诸葛亮比个高低哩。

　　丁酉年九月,刘伯温率师南征,路过梅关时,只见和风徐徐,树叶沙沙,道路两旁梅树成林,枝繁叶茂。众将士触景生情,不禁满嘴生津,刘伯温忍不住一口唾液就朝道旁的草丛里吐去。

　　谁知这"噗"一下竟落地有声,刘伯温不免心里一动。他下马拨开草丛,看到那里露出一块石碑,碑上刻着两行字:金鸡土狗奔马时,留头金刀留口液。落款:亮。

刘伯温顿时大惊,半天移不动脚儿。为啥?"金鸡土狗奔马时",不就是指的今年今月今日今时?"留头金刀",不就是一个大写的"刘"字吗?

刘伯温身旁一谋士不由惊叹:"诸葛武侯一千多年前就能测出军师此时此刻此举,真是神人也!"

另一个谋士插嘴道:"诸葛武侯虽然神学惊人,智谋卓绝,但若按其大业论,他未能助刘备统一天下。而军师匡扶洪武,成其帝业,一统江山,与之相比,则更胜一筹矣!"

这时候,刘伯温听了却淡然一笑道:"过奖了!过奖了!武侯大智大勇,伯温又岂能望其项背矣?"

不过,刘伯温话是这么说,刚才谋士说他"更胜一筹"的话,他听着心里还是挺舒服的。

后来某一日,刘伯温来到陕西勉县定军山下,闻知诸葛武侯陵寝在此,就吩咐手下领他去拜谒。拜毕,刘伯温心里又一动:武侯一生智多善算,定有天书藏于陵寝之中陪伴。于是,便令手下人打开陵寝棺道。

待得棺道打开,刘伯温走了进去。远远地,他看到诸葛武侯棺木前的长明灯,忽明忽暗地闪着幽幽的光。眼看这灯火就快要熄灭了,刘伯温不禁叹道:"武侯智者千虑,还是难免会有一失啊!他老先生虽然神明,可也终究不能让长明灯永远亮下去呀。"

刘伯温一边说着,一边就走到了棺前。

突然,刘伯温发现,长明灯油缸上贴着一张黄纸条儿。他好奇地凑上去,一看,不由大吃一惊。你道为甚?原来那上面是诸葛武侯的亲笔手迹:老刘,老刘,赶快加油!

刘伯温顿时惊出一身冷汗:武侯怎么算准我刘伯温今天会来这里呢?

刘伯温丝毫不敢懈怠,立刻吩咐手下人给油缸加油。至此,他再也不敢找什么天书了,赶紧走出棺道,命人封上陵寝,跪拜祭祀。而且,刘伯温还深刻反省,觉得自己实在应该好好加油,追赶前辈才是。

据说,这个故事一传开,"加油"竟成了"努力"和"奋斗"的同义词。

(郭荫生 搜集整理)

(题图:黄全昌)

# 龙树

　　王家沟有两个媳妇，上山采蘑菇时发现有一棵大松树，树盘伏着，树身有几人高，三四人合抱那么粗，从远处猛一看，就像一条飞龙迎面扑来，那厚厚的松针就像一片片绿云，隐托着龙身。更让两个媳妇啧啧称奇的是，她们发现不管站在哪个位置，这"飞龙"总是像正冲她们飞扑下来的样子。

　　媳妇们回家后把这事儿一说，立刻就在村里传开了。

　　有个叫王老黑的财主，听说此事后第二天就上山去看，也惊得合不拢嘴，他断定这准是一棵龙树，是个宝贝。

　　王老黑这家伙平时眼黑手黑心更黑，仗着自己是本县知县的舅子，在村里横行霸道，还硬把村周围的山林地头也给强行占了八成去。所以他下山后，立刻就去县城找做知县的姐夫，把这事儿告诉他。

王老黑对姐夫说："我打算把这棵龙树进贡给皇上。你说，皇上一高兴，能赏我什么？会不会赏我个尚书做做？或者……"

王老黑话才说到一半，他那个当知县的姐夫就哈哈大笑起来："你真是个没见过世面的土佬！皇上的御花园里什么东西没有？哪会稀罕你一棵松树？它就是长得再像龙，也不是真龙。嗨呀呀，你还是快回家去过自己的清静日子吧！"

可王老黑不死心，第二天死皮赖脸地硬把当姐夫的知县拉去了山上。

谁想，知县上山后还没走到松树跟前，只远远一望，看到那胜似飞龙的树影，心里就猛吃了一惊：果不一般哇！他于是立刻传画匠上山，把这棵龙树画下来，派心腹手下快马加鞭将奏章直送京城。

皇帝在金銮殿上拿到奏章一看，果然龙心大悦，说："看这画倒是个神物，不知是否真的如此？"皇帝下旨叫来人快马回去，命王老黑仔细看护这棵龙树，不许少了一枝一针。随后，他又挑了二十个御园匠师，点了一千个护树御林兵，一行人浩浩荡荡赶往王家沟，要把这棵龙树挖回去，移到御花园里。

王老黑接旨，欢天喜地。

做姐夫的知县叮嘱他说："你别高兴得太早，千万得小心护着这棵龙树。要知道，它关乎皇上的气运，万一有闪失，你的脑袋就别想保住了。"

王老黑于是便把家里所有的下人都派去了山上，日夜看护着龙树，他自己也一天几趟地上山去看，兴奋地在脑子里做着升官发财的梦。

可谁知才过了两天，一个下人就慌慌张张地来给王老黑报告，说龙树上发现有毛毛虫。王老黑一听急得直跺脚，连忙上山去看，果然看到树上爬着不少虫子，不但浑身长毛，而且色彩鲜艳,样子很吓人。

王老黑立刻慌了手脚,吩咐下人说:"快搭梯子,抬水来,上去把虫子冲掉。"

下人当然不敢怠慢,赶紧抬水的抬水,搭梯子的搭梯子。等梯子搭成了,水也冲了,可虫子根本就冲不掉。王老黑于是又赶紧让洒药,不料药一洒上去,虫子反而更多。

这下王老黑傻眼了,没办法,只好叫下人爬到树上去,用手死抓。可这又有什么用?虫子越长越多,很快就在树上结成了一张厚厚的粘网。

这时候,周围的树都开始一棵棵相继枯黄死去,王老黑见了真是心急如焚。

王老黑的心腹管家一看,脑子一转,给王老黑献计说:"老爷,要不用火烧试试?"

火烧这个法子,是当地人对付虫子常用的土办法,可王老黑这会儿一听,张嘴就骂:"你安的什么心?想送我去死啊?这是要给皇上的龙树,别说一根枝条不能少,就连一块树皮也不能掉!"

那管家被王老黑一骂,立刻缩回了头,再也不敢吱声。而王老黑呢,一时也实在没辙,只好灰头土脸地先下山去。

王老黑前脚刚进家门,一个家人后脚就"咚咚咚"地跟进来,报告说:"老爷,从秀才要见您,说是为那棵龙树的事。"

这个从秀才叫从云,年纪轻轻,一表人才,待人也和气,所以平时村里人有动笔弄墨的事,都愿意去找他,从秀才总是有求必应,而且不拿一分酬银。可王老黑却不然,他从来不把从秀才放在眼里,连走对面都懒得和他说话。

但此刻,王老黑一听从秀才是为龙树的事来的,哪还管得了别的,忙说:"快请!快请!"

从秀才进得门来,王老黑又是给他让座,又是吩咐上茶,急急地问:"从相公可有什么法子?"

从秀才看着王老黑,说:"老爷,这棵龙树象征着皇上的洪福,关乎国家的气运,这可不是小事啊!树真要死了,皇上定会要了您的脑袋。本来明明是一件好事,现在可成一场大祸了。"

王老黑摸着脑袋连连点头,心想:这穷酸秀才怎么竟和我姐夫说得一模一样?

只听从秀才又说:"老爷,我倒是有个法子,能帮您消灾。只是……您得花银子。"

王老黑心里也想到这一层了,急着问:"得花多少?"

从秀才说:"您得归还这些年您占的村里人的地,免了他们的租银。"

王老黑一听,脸立时就黑了下来,他"咚"地一下站起,手指着从秀才一声喝令:"你……"王老黑想把从秀才赶出门去,可一个激灵他打住了:眼下要紧的是保住龙树啊!于是只好咬咬牙,跺跺脚,狠狠心说:"好吧,我答应你。"

从秀才见王老黑点头,就立刻跑出门去,把消息告诉村里人,大家一听,都高兴坏了。然后,他又对王老黑说,让他今晚放心睡觉,明天早上再上山去看,保证把虫子给治了。

但是这一晚王老黑哪里能合得上眼睛,心里老猜测着从秀才会用什么法子来治虫。好容易挨到第二天大天亮,此时天上又是刮风又是下雨,雾蒙蒙一片,可王老黑等不及了,一步三滑地开门就往山上走。

直到走近了,王老黑才看清,原本那棵龙树已经没了影儿,地面上留下一个焦黑焦黑的大树坑,坑里尽是雨水。

从秀才已经等在那里了,他对王老黑说:"老爷,我已经让您的下人帮忙,把这棵龙树挖出来,一把火给烧了。"

王老黑一听,又惊又急,吓得差点晕过去:这可怎么向皇上交代?

可是从秀才却悠悠笑道："王老爷，您别着急，听我慢慢说。既然这龙树上的虫子越生越多，您没法对付，那就只有把它挖出来烧了完事。您可以去告诉您那个当知县的姐夫，就说您亲眼所见，这树果真是巨龙所变，原本是蛰伏在这里的，可昨夜随着一声霹雳，一道闪电，它冲天而起，盘旋而没。他若不信，我愿意去给您作证。"

从秀才连说带比划，王老黑却气得直瞪眼：这种胡话，连小孩子也不信，能骗得了谁？

从秀才劝王老黑说："眠龙升天是好兆头，只要皇上心里一高兴，这事儿就能混过去。"

王老黑拿从秀才没办法，只好急急忙忙去找当知县的姐夫，并且按着从秀才教他的，如此这般学说了一遍。

知县一听，不由疑惑，皱眉道："这世上难道还真有蛰龙的事儿？"

事关皇上，他不敢怠慢，立刻赶到山上去看。一看，可不是！龙树没了，响雷劈出了一个大焦坑。知县脑子一转，立刻斟酌了一份奏章，说是"眠龙升天"系王老黑和从秀才亲眼所见，还说这是千载难逢的吉兆，是皇家的大幸。

奏章送到京城，消息在朝廷一传开，大臣们立刻齐刷刷跪倒，山呼："万岁！万岁！万万岁！"皇帝因为没能亲眼看到龙树，多少有些扫兴，但既是眠龙升天，他不好发作，只得叹口气，把奏章放到一边。

事情总算对付过去了，王老黑因此而保住了性命，但是他升官发财的梦毕竟成了泡影，所以整天躺在炕上，茶不思、饭不想。

就这样一晃过了七八天。这天，家人忽然来报，说从秀才其实并没有把那棵龙树烧了，而是在那天晚上悄悄叫了几个人一起，把树移栽到了别处。他们把虫子烧死后，如今那树又长得和从前一样了。

　　王老黑听后简直气得要发疯,他从炕上一蹦而起,冲到从秀才家里,瞪了半天眼睛,才憋出一句话:"我告你去!"

　　从秀才似乎早料到王老黑会这么做,他朝王老黑呵呵一笑,说:"慢着!老爷,皇上已经知道眠龙飞天是咱俩亲眼所见,您要再去告我,就不怕皇上治我们个欺君之罪吗?欺君之罪可是个大罪,一样要杀头的哟!"

　　王老黑一听,顿时愣住了,半晌说不出一句话来。回到家里,他一头栽倒在炕上大病了一场,没多久就呜呼哀哉了。

　　好一个"眠龙升天"的比喻,让一方百姓摆脱了苛捐杂税;好一个"欺君之罪"的理由,让贪心不足的地主老财搬起石头砸了自己的脚。生活中不是缺乏机会,而是缺乏制造机会的奇思妙想和实践机会的深谋远略。

（薄希鹏）

（题图:蔡解强）

# 请小媳妇就座

这个故事发生在很久以前。

通州城里有位张天师，算卦特别灵验。

这天，张天师在村西头摆摊卜卦，周围围了一大圈子人。大家正看得来劲时，忽然从人群外边挤进来一个油亮的光头。

这光头用脚踢了一下卦摊，粗声粗气地说："算卦的，我家少爷让你去一趟。快收拾收拾，跟我走！"

围观的人一听，这人口气挺大，再一看，是本村首富柴家的光头打手贵福，便都知趣地走开了。

张天师用眼斜睨了一下光头，心里很是气愤，但嘴上不敢怠慢，脸上也立刻堆出了笑，一连说了几个"好"字，然后就收拾起卦具，随光头走了。

拐过三个弯儿，到了柴家门口。

张天师抬头一看，嗬，好气派的一片宅院！只见绿砖青瓦，方石铺地，叫不上名儿的黄花、蓝花、红花，茂盛地开在路两旁，甚是娇美鲜艳。

张天师登上台阶，走进堂屋，看见八仙桌旁坐着一个二十四五岁的小伙子，剑眉虎目，鼻直口方，唇红齿白，细高条的身材，皮肤白得像大姑娘，穿一件素白色的洋布袍，手中拿一把四季通用的逍遥折扇，显得风流雅致、仪表堂堂。

张天师猜这小伙子肯定就是刚才光头说的柴家少爷了，于是赶紧向前疾走几步，朝柴少爷拱拱手。

柴少爷看了张天师一眼，朝他点点头，张天师便在柴少爷侧面一张凳子上坐了下来。

柴少爷问张天师："先生卦历几年了？"

"从十二岁出师以来，一直到现在。承蒙同行瞧得起，送我一个外号'俏神仙'。"

这张天师口气也真不小，其实他除了背过几本算命书，从没拜过师，更谈不上出师了。

"噢，"柴少爷若有所思地看着张天师，说，"先生，我请你来，就是要看看你的卦算得准不准。实话跟你讲，前几次我曾请过几位出名的算卦先生，可他们信口胡扯，其实都是些江湖骗子，被我识破后，叫下人把他们打出了村子。先生既然是俏神仙，那好，我正好有五个太太，请先生给她们排排座次，谁是老大，谁是老小，不知先生可应否？"

柴少爷说到这里，呷了一口茶："如果先生掐算得准，钱么，好商量。不过……"他说到这里，顿了一下，"如果先生也是光响一张嘴皮子，那么对不起，我只好棍棒侍候了。"

张天师听罢柴少爷这番话，心里不由抖了一下：这卦本来就是唬人的，哪能当真？

但张天师毕竟是见过世面的人，此时他脸上不露声色，站起身来，朝柴少爷拱拱手，说："少东家，您这是说哪儿去了？钱不钱的咱好商量。既然我是干这一行的，算不准的话，我愿当着您的面把卦具砸了。但回过头来说，如果我掐算对了，也请少东家给句话，不准就是不准，准就是准，照实说。"

"好，爽快！"柴少爷一拍桌子，然后朝下人喝道："请太太们出来！"

不多会儿，就从内房飘出五个如花似玉、年龄也差不多的小媳妇，身穿一样的白花边旗袍，手里捏着一样的红绡帕。

张天师想了想，对五个小媳妇说："让少奶奶们站着哪像话儿，坐下，快请坐下。"说着，他搬过靠墙的一条长凳，放在五个小媳妇面前。

五个小媳妇唧唧喳喳地嬉闹了一阵，这才一个挨着一个坐下了。

张天师眉眼一转，指着第一个落座的小媳妇对柴少爷说："少东家，如果我没猜错的话，这位便是您的原配夫人。"

接着，张天师又挨着个儿从大到小把其余四个小媳妇排了座次。柴少爷和光头一听，惊得眼睛都直了，待醒过神来，张天师早就按周天卦理把这五个小媳妇的命写在纸上，递了过来。

这下柴少爷不得不朝张天师竖起了大拇指，因为张天师一个都没说错。

张天师真有那么神吗？根本不是。

大家都知道，大户人家一般规矩都比较大，干什么都不能乱了章法。张天师就是抓住了这一点，他让五个小媳妇坐长凳，为的是要看看她们中间究竟谁先坐下，谁后坐下，张天师就是从她们的相互推让中看出的门道。

事后，柴少爷摆了满满一桌酒席款待张天师，还给了他五十块大洋的卦钱。从那以后,张天师"俏神仙"的名号就叫得更响了。

　　这位民间高人的胜算,不在于掌握了多深的命理知识,也不在于天花乱坠的嘴皮子功夫,而是赢在对人情世故的细致观察。几千年历史沉淀下来的规则礼俗,并没有因为时代的发展而消失殆尽,而是作为一种独具特色的文化传统代代相传,支撑起我们独特的家族结构,丰富了中国民间独特的生活哲学。

（钢　凝）

（**题图**:李　加）

一把壶难倒刘罗锅

在影视剧和传说中，刘墉刘罗锅和纪晓岚总是和珅的对头，两人常常联起手来捉弄和珅，把和珅整得灰头土脸。

不过，据老辈人说，纪晓岚和刘罗锅也有过一次智斗。这两个人，哪一个更厉害些呢？

说起来，事情是这样的：

刘罗锅一次去纪晓岚家做客，看上了纪晓岚待客用的紫砂壶，便求纪晓岚送给他。

纪晓岚一向大方，但这次却摇头："刘老兄啊，这紫砂壶是极品，我用两幅古画又贴了三千两银子，才将它换回来的，怎好轻易送你？"

刘罗锅也是茶道行家、玩壶的里手，自然知道此壶的好处，他把价钱出到五千两银子，又死磨硬缠，但纪晓岚就是不松口。刘罗锅一想，于是就干脆坐在纪晓岚家里不走了，从中午一直坐到日落西山。

纪晓岚一看刘罗锅这阵势，真是将他赶也不是、留也不行，不由皱起了眉头。他低头看着这把紫砂壶，突然计上心来，便对刘罗锅道一声"更衣"，出去了好一会儿，才又回来坐下，对刘罗锅说："此屋太热，不如换一清凉之处如何？"

刘罗锅笑道："凭你怎么换，反正这壶我是要定了。"

纪晓岚也不搭话，带着刘罗锅去了另一间屋子。只见这时候，仆人已把紫砂壶和其他品茗之物一并带来了，两人于是又坐谈了一个时辰。

纪晓岚起身，提起紫砂壶要给刘罗锅倒茶，却见壶里茶水已空，于是喊管家王德："王德，加水。"

王德答应一声，从门外进来，谁知他刚拿起桌上的紫砂壶，只听屋角那口西洋自鸣大钟突然"当"地响了一声，王德被吓了一跳，手一抖，紫砂壶竟从他手里"哐"一声落在地上，摔碎了。

纪晓岚和刘罗锅禁不住都"啊"地惊出声来。

纪晓岚朝王德大怒道："好你个奴才，这壶可是花大价钱都没处买的。没了这个宝贝，老爷我以后怎么喝茶？来人哪，拿棍子来，给我打死这个奴才！"

王德吓得脸惨白，"扑通"一声跪在地上拼命求饶："老爷，奴才有话要说，请老爷容奴才把话说完再施刑不迟。"

"你还有什么屁话要说？"

王德说："老爷，其实在我们京城的逸仙香茶楼里，还有一把和您这一模一样的壶，奴才愿意自己掏银子去把那壶给老爷买回来。不瞒老爷说，那个王老板有一次不小心落水，正好奴才路过看见，就将他从水里拉了上来。奴才想，王老板不会不给奴才这个面子的。况且，这壶买回来是给老爷的。"

纪晓岚听了，鼻子里"哼"了一声，说："你要真能给我拿回个一模一样的壶，就免你一顿打。不过，我可等不了多长时间，这壶在泡茶之前需用龙泉寺的水浸半个时辰方能使用，我限你一个时辰内，既要把壶买回来，又要用龙泉寺的泉水把壶浸透了。现在是戌时六刻，亥时六刻你要拿不回来，我剥了你的皮！"

戌时六刻就是晚上八点半，亥时六刻就是晚上十点半；纪晓岚的家在城北，而龙泉寺却在城南，王老板的逸仙香茶楼则在城东。若是单去一个地方，骑上快马或许一个时辰还来得及，可两个地方都得去，还要将买来的壶再浸上半个小时的龙泉寺泉水，这怎么可能呢？是万万来不及的。

王德不由叫苦连天，可任凭他再怎么求饶，纪晓岚就是对他不依不饶，还说只许他一个人办这事，不许叫帮手。没办法，王德只好苦着脸到后院去挑了匹快马，加鞭而去。

可谁知，一个时辰之后，当那口西洋自鸣大钟"当"的又响了一声时，王德居然回来了，手里捧着壶，对纪晓岚说："回老爷，壶买来了，龙泉寺的水也浸了，现在就能泡茶。奴才这就给您泡去！"

纪晓岚看着王德抚掌大笑，对刘罗锅说："刘兄，题目出来了——你说说，这个王德是怎么在一个时辰之内把事儿办利索的？你能猜出其中缘由，我就把这壶送给你；若是猜不出来，那是你无能，从此就别再与我争壶了。"

刘罗锅一听，冷笑道："这还不容易？我方才细看过你那把摔碎的壶，是假的，是王德出去歇了一个时辰，然后再把真壶捧回来。嘿嘿，这点儿小伎俩，能骗过我么？"

纪晓岚说："刘兄说得很对，这壶我早已经藏起来了。不过，现在王德手里拿的壶，的确是从茶楼王老板手里买来的，而且真的是用龙泉寺的泉水浸过，你若不信，可派人去查证，看王德刚才是不是真去过茶楼和龙泉寺这两个地方。嘿嘿，只要你能说出王德为什么一个时辰之内能把这事儿办成,我就一文钱不要,将此壶白送与你。"

"此话当真?"刘罗锅笑道,"你可不能食言哪!"

纪晓岚也笑道:"绝不食言,我正要借此见识见识老哥的本事呢!"

刘罗锅于是就开始皱着眉头想,可想了半天,头都想大了,仍想不出结果来,只好笑叹道:"纪大烟袋,你容我一天的时间,我明日派人去这两处地方查实。明晚这个时候,我保准能给你个答案,如何?"

纪晓岚乐了:"好,就给你一天时间。嘻,我就不信你能猜出来。"

第二天,刘罗锅果真带人去逸仙香茶楼和龙泉寺两个地方细查。嗨,真是奇了!两个地方都说,王德在亥时初的时候,也就是晚上九点后,去过他们那里。这就是说,王德几乎是同时出现在了两个相隔百里的地方。难道王德会分身术不成?

但刘罗锅毕竟是聪明人,想了老半天,终于恍然大悟,立刻吩咐备轿,奔纪府而去。

见了纪晓岚,刘罗锅冷笑道:"纪大烟袋,我问你,昨天晚上为什么没有听到更声?"

纪晓岚眨眨眼睛,问刘罗锅:"更声有无,与此事有何关系?"

刘罗锅说:"昨天夜里在你府上没有听到更声,分明是你想让我只靠你屋里那口西洋钟来知晓时辰。可你事先已经将西洋钟拨慢了时辰,而后又借口天热,让我到那屋里去喝茶。王德出发的时候,西洋钟上虽是戌时六刻,可实际上那时候已经是亥时六刻了。"

刘罗锅的推断是:王德其实是在真正的戌时六刻,也就是晚上八点半的时候,偷偷出去过一回,去茶楼将紫砂壶买了回来,所以茶楼王老板才会证明,王德在晚上九点后到过茶楼。然后从茶楼回来,王德又故意打碎那把假壶,并且在拨慢后的戌时六刻,也就是晚上十点半的时候,他当着刘罗锅的面骑快马去龙泉寺。龙泉寺看水的和尚是个聋子,他听不到寺院暮鼓的声响,王德去打水的时候,掏出怀表告诉他时间,其实这时候王德是故意将怀表拨慢了的,但聋和尚却相信了王德说的。

事情似乎是很清楚的了,可纪晓岚听刘罗锅这么一说,却不紧不慢地朝他摆起了手:"你虽然说得有道理,但证据何在? 没有证据,那你所有的推断只不过是自己的臆测而已。"

"莫非你想耍赖不成?"刘罗锅一听纪晓岚此话,不由脱口道,"你说我没有证据,那你有证据么?"

纪晓岚却振振有词:"我有证据,我能够证明我没有将西洋钟拨慢。"

刘罗锅眼一瞪:"你说说看!"

纪晓岚说:"你还记得吗? 昨天晚上我在府里和你小酌,其中一道菜叫'金梭乾坤鳖花鱼',那是京城有名的德益楼大厨做的。我当时和你说过,要食此鱼,须派几艘小船张网于清河上游的急流之中,船上还得架锅烧水,鱼一捉上船,便立即投入锅中烹制。昨天那个德益楼大厨就是这么做的,只不过是他在船上烹制,脚底下的船同时被划了回来,所以等这道菜送到我府上时,其鱼刚刚味熟,完全无异于在船上尝鲜。当然,这个时间要把握得很准,若是晚了,则鱼老难食,所以大厨为此专门备了块怀表。记得当时吃鱼时,我还让你特地看过那口西洋大钟,是亥时,你应该记得的吧? 如果现在大厨也说是亥时上的鱼,那就说明我的钟和大厨怀表上的时间是一样的,我并没有将钟拨慢。你不妨去问问,大厨他是什么时候上的鱼。"

刘罗锅一听,当即派两名心腹家人骑快马去德益楼查证。只用了小半个时辰,家人就回来禀报,说德益楼大厨确实是在亥时给纪老爷送的鱼,德益楼有流水台账,台账上清清楚楚记着,他们是亥时送的鱼。

刘罗锅听罢,长叹一声:"纪大烟袋,我佩服你心思缜密,做事滴水不漏。算了,我也不要壶啦……不过有一件事,我还不明白。"

纪晓岚得意地瞥一眼刘罗锅:"请讲。"

刘罗锅问他:"你这西洋大钟,到底是拨慢了没有啊?"

纪晓岚乐得哈哈大笑:"既然刘兄不想夺人所爱,我也就实说了吧!这西洋钟的确是拨慢了一个时辰。"

刘罗锅糊涂了:"我已经证实那大厨确实是在亥时送的鱼,西洋钟如果真拨慢了一个时辰,也就是说,我们是在一个时辰后再吃到这金梭乾坤鳌花鱼的,那味儿该会大打折扣的呀?"

纪晓岚给刘罗锅解释说:"哎呀,你要知道,我其实是雇了两个大厨,一个时辰后送鱼来的,是我另雇的大厨。"

纪晓岚的这个回答,让刘罗锅大吃一惊。原来,德益楼大厨晚上九点送鱼来之后,城里有家叫"折桂轩"的菜坊,那里的大厨奉纪晓岚之命,在两个小时后也送来了一份同样的鱼。也就是说,刘罗锅吃的是折桂轩大厨做的鱼,而纪晓岚让他去问的,却是德益楼的大厨。

大厨没有撒谎,但刘罗锅却上当受骗了。

纪晓岚一语道破天机,刘罗锅方才如梦初醒。其实,整个北京城只有两个会做这道金梭乾坤鳌花鱼的大厨,如果刘罗锅能想到这一点,让家人再去问一下折桂轩的大厨,这个赌便是他胜了。

再聪明的人,有时候也可能被自己的惯性思维所束缚。所以,凡事都不要放弃最后一线希望,这往往正是转机之所在……

（张　军）

（题图:黄全昌）

罢了

　　离县城二百多里,有一座大山,山后腰有座名叫"金禅寺"的寺庙,是皇帝敕封的。据说,这个庙的方丈是皇帝遗留在民间的儿子,所以当地州县官员谁也不敢招惹他。他仗着皇帝老子的势力,在当地横行不法,凡是相中了的姑娘就抢了来,藏在寺里行欢作乐。

　　这天,有姐弟俩来此地投靠亲戚,姐姐年方十八,模样长得十分俊秀,弟弟赵成比姐姐小两岁。姐弟俩从几百里外赶来,刚进县城,姐姐就被那个金禅寺方丈一眼相中,给抓去了寺里。

　　这咋办?人生地不熟的,弟弟赵成万般无奈之下只好到县衙击鼓鸣冤。县令一听事关金禅寺方丈,二话没说就把赵成赶了出来。赵成走投无路,急得在大街上哭。

一位好心人看不过去,就把赵成偷偷拉到一边,告诉他说:
"现在能救出你姐姐的,只有一个人,就是朝廷甄御史,你赶紧去
京城找他吧。"

赵成一听,谢过好心人之后,就赶紧一路乞讨到京城,打听
御史衙门。可御史衙门不是署理刑民官司的衙门,把门的衙役
便让赵成到刑部告去。

哪晓得赵成进了刑部大堂,不管三七二十一就先被吃了通
杀威棒。主审官再一听是金禅寺方丈的事,将惊堂木一拍,喝
道:"些许小事,竟然也闹到刑部来,你是活得不耐烦了?"一声令
喝,又打了赵成一顿板子,把他扔到大街上,再不理会。

可怜赵成状没告上,反倒给打了个遍体鳞伤,他真是越想越
伤心。

这天,赵成正趴在大街上乞讨,迎面过来一顶八抬官轿。赵
成听到有路人在说"甄御史下朝了",心里顿时涌上一股子怨气,
他把要饭篮子一甩,爬到路中央,大声喊道:"甄御史,真糊涂!
甄御史,真糊涂!"

在前面开道的衙役一看赵成这个样子,一鞭子就朝他身上
抽来。

坐在轿里的正是甄御史,一听有人拦路骂他,急忙掀开轿帘
看。他喝住衙役,吩咐落轿,让衙役把赵成带到轿前,问是怎么
回事。

赵成哭着说:"我打老远来找你诉冤,却被你害成这个
样子!"

甄御史看赵成伤得不轻,便让他把事情原委细细道来,一听
说是金禅寺方丈的恶行,不禁皱紧了眉头,一声不吭。

甄御史把赵成带回御史府,让手下安排他住下,又请来郎中
为他疗伤,但对案子一事却只字不提。赵成心急火燎,只盼着甄
御史快点想办法把姐姐救出来,可他一连几天都见不上甄御史,

身上的伤倒是慢慢好了。

其实赵成有所不知，甄御史正在为救他姐姐的事想方设法。

这天皇帝上朝，处理完一干事务后正要退朝，甄御史出班呼道："皇上，微臣还有一事要奏。"

皇帝上朝好一阵子，此时已经有些累了，于是瞥了甄御史一眼，不耐烦地说："你还有什么事？快快道来。"

甄御史便将金禅寺方丈这些年来抢了多少民女、害了多少人家，特别是最近强抢赵成姐姐的事，一一诉说起来。

皇帝对金禅寺方丈的恶行其实早有耳闻，只不过一直是睁只眼、闭只眼而已，现在甄御史再将这些事说个没完，他实在没有耐心听下去，于是就大喝一声："罢了！"

皇帝老子的意思，是让甄御史不要再说了，这事情就到此为止。

甄御史倒也干脆，被皇帝这么一打住，连忙跪地磕头，大声道："臣遵旨！"

下朝后，甄御史回到御史府，走进赵成房里，笑呵呵地说："你且随我走上一趟。"

说完，他带上一干人马，和赵成一起出了京城。

不两日，一行人马来到了金禅寺山门前，甄御史命衙役鸣锣开道，打出钦差大臣的一应执事，威风八面地立在寺前，喝令金禅寺方丈前来接旨。

那个方丈出来一看，见是甄御史，没拿正眼瞧他，更别提下跪了。

哪知甄御史大喝一声："拿下！"一帮衙役立刻如狼似虎地朝方丈扑了上去，一把将他摁在地上，让他朝南跪下。

接着，甄御史就开始宣读皇上罢免金禅寺方丈的口谕，又治了方丈一个不下跪接旨、蔑视皇权的大罪，流放三千里到西北戍边。随后，甄御史又命衙役将金禅寺前后上下搜了个遍，砸开铁锁,放出赵成的姐姐和所有被抢来的民女。

待把这些事全办完后,甄御史才不急不慌地带着人马回朝。

很快,甄御史此行消息被传回京城,皇帝得知后震怒不已,立刻召甄御史上殿,要治他假传圣旨的大罪。

可甄御史丝毫不见惊慌,应召进殿后,他跪在地上,故意高门大嗓道:"微臣前来复旨,臣替黎民百姓感谢万岁龙恩!"

皇帝一听愣住了:"朕什么时候给你下过旨? 你谢的哪门子恩?"

甄御史说:"皇上不是叫微臣去罢了金禅寺方丈的吗? 微臣罢了他,当然要回来复旨啊!"

皇帝一听,立刻想起那天上朝快结束时的情景,难怪自己一声"罢了"之后,甄御史就连忙说"遵旨"。

皇帝明白自己是掉进了甄御史的圈套,可现在既然方丈被罢已成事实,况且那家伙也确实不像话,自己还不如也就此作罢的好。想到此,他抬眼朝甄御史摆摆手,表示这事儿就算是了了。

甄御史不由在肚子里暗笑……

机警御史的灵光一现,化解了皇帝的怒气,又借机尽到了自己"为民除害"的职责。同样道理,面对僵局,硬抗是莽夫的选择,智者往往会用"曲线救国"的方式来扭转窘境,以求得共赢。

(荆　墨)

**(题图:黄全昌)**

# 云 涌 江 湖

囿于江湖者,未必是英雄,亦可能是老千、怪僧和侠盗。江湖中的酸甜苦辣咸,还请诸位在故事中细细体味。

# 忠厚门神

　　北宋年间,在山东潍县一带,曾经流传着一种特殊的门神画,上面画的既不是钟馗,也不是秦琼和尉迟恭,而是一个面目忠厚的年轻人,被称为"忠厚门神"。

　　说起来,这里面还有个故事。

　　潍县城里有一家杂货店,老板姓罗,平时为人忠厚,讲信义,重感情,因而店里的生意十分兴隆,当地人都称他为"罗善人"。

　　一日傍晚,天突然下起雨来,一下就是一整夜。第二天一大早,杂货店的伙计阿四打开店门,见有个青年男子头枕包裹倒在门外,浑身上下已被雨水浇透。

　　阿四吃了一惊,摸摸那人的额头,烫得吓人,就赶紧进屋报告罗老板。罗老板一听,说了声"救人要紧",就三步两步奔到门口,和阿四一起将青年男子扶进了屋。

罗老板对阿四说:"客人淋雨受了寒,你赶紧去找件干净衣服给他换上,客人的包裹别动它,我去烧碗姜汤来。"

一碗姜汤下肚,那青年男子醒过来了,当明白是怎么回事后,他起身"扑通"一声就跪在了地上。

罗老板忙把他扶起来,说:"扶危济困,小事一桩,客人不必言谢。不知客人何以落魄至此?"

青年男子说:"小可姓赵名天,登州府人氏,是做药材生意的。此次带了银两来潍县,本想收一些何首乌,不想路遇大雨,才致如此。"说到这里,他拿起包裹道,"大叔救我一命,我无以为报,这些本是贩药之资,请大叔收下。"

可罗老板死活都不肯收,一再对赵天说:"小事一桩,何至于此? 快快请起! 快快请起!"

赵天见罗老板是忠厚之人,便道:"大叔,小可身体已无大碍,收购何首乌人来人往的,这里多有不便之处,小可还是尽快去找家客店住下,就此向大叔告辞了。"

罗老板见赵天执意要走,不放心他身体,便叫阿四陪着,帮他去附近找家客店。没想赵天却找了一家很远的高升客店,不过闲暇时他常来杂货店拜访罗老板。罗老板见赵天谈吐文雅,举止大方,毫无一般商人的刻薄之气,心里对他渐生好感,于是一来二去的,两人遂成了莫逆之交。

这天,天色已晚,赵天正和罗老板闲聊,阿四进来说,门外有一老汉,要找赵天出卖何首乌。两人于是一齐出门去看,只见一乡农打扮的老汉正气喘吁吁地站在门外,一手拿着包裹,一手拉着小毛驴,那小毛驴也"呼哧呼哧"地喘得厉害。

赵天说:"老伯可是找我?"

老汉说:"我在乡下听说赵客官收购何首乌,正好祖上传下五支,因家道中落,为生计只得将它出手。我这何首乌可是千年上品,所以每支要纹银二百两,不知赵客官以为如何?"老汉说完,便将包裹打了开来。

赵天一看,包裹里果然是五支粗头胖尾的人状何首乌,便对老汉说:"行,老伯,这五支何首乌我要了。只是要相烦老伯跑一趟,随小可去高升客店取银子。"

哪知老汉一听,竟叫了起来,说:"哎呀,我就是从那里赶来的。原本听说你住那儿,我就一路赶了去,没想却扑了个空,店老板说你也许会在罗老板这里,我才又急急赶过来。你看,我和驴子都快累趴下了,哪里还有力气再随你去?天都这么晚了,我还得马上赶回去哪!"

赵天摸摸钱袋,为难地说:"可是大伯,我身上只有五十两纹银,不够给你的呀。"他转身对罗老板说:"大叔,要不您先借小侄九百五十两银子?我先给这位老伯,好让他早点回家。"

罗老板二话没说马上点头,吩咐阿四去取九百五十两银子来,交给赵天。赵天接过银子,又加上自己原先那五十两,一共一千两,给了老汉。

望着老汉骑上小毛驴渐渐远去的背影,赵天感激地对罗老板说:"谢谢大叔了!何首乌就先放您这儿,小侄这就去客店取银子来还您。"

罗老板一把拉住赵天,说:"不必着急,今天都这么晚了,明天再拿来也不迟啊!"

可是赵天执意不肯,他将老汉留给他的那五支何首乌硬塞给阿四,匆匆而去。

让罗老板奇怪的是,当天赵天并没有还银子来,第二天也不见他影子。罗老板怕有什么意外,第三天打早便赶去高升客店打听,谁料店老板告诉他说,赵客官两天前就与一骑驴老汉一同离去了。罗老板这才意识到自己遇上了骗中高手,回去后立即着阿四将何首乌送去药铺验看,果然是假货。

　　原来,赵天父子俩是登州有名的骗子,多次行骗被识破后再不敢同行,便先后逃出登州,约好在潍县碰头。一路上,赵天因走得太急,心中虚火上冲,再被冷雨一浇,内外交攻而晕了过去,被罗老板扶进屋后,他见罗府是富足之户,顿时就心生歹念,和老骗子父亲又玩起了行骗的把戏。

　　消息传开,潍县上下所有的人都对赵天父子俩大骂不已。

　　转眼到了年关,阿四照例去集上买门神画回来贴,谁知罗老板见了却直摇头,他对阿四说:"秦琼和尉迟恭刚勇猛烈,看上去就是一副直肠子,可这年头,那鬼邪之物岂怕这样的直肠汉? 他们外表看上去忠厚,做起事来却更加刻毒,想起来就让人不寒而栗。如此鬼邪之物,焉得不惧? 我看,要用这样的人来镇宅,鬼邪才不敢上门呀!"

　　阿四一听就明白了罗老板这话的意思,于是就按赵天的相貌,找人重新画了一张门神画,贴在大门上。这其实本是罗老板的气愤之举,可城里人都同情罗老板的遭遇,为了表示对骗子的谴责,便都纷纷效仿,一时间,这种门神画就在潍县一带流传开来,大家还戏称画上的赵天是"忠厚门神"。

　　这忠厚门神真能镇邪? 哈哈,由于这画流传甚广,大家无意之中就记住了赵天的相貌。后来,当赵天父子俩悄悄潜回潍县企图再次行骗时,马上就被人认出,扭送官府,进了大牢。

　　现代人常言"人心不古",怀念的是传统社会里的那份人情和信任。正是因为这份信任,才让故事里的高明骗子有了可乘之机,善良的百姓最终把骗子画作门神,来了个"以毒攻毒,驱邪避灾"。而现代社会的骗术比之古代,则更显急功近利,要解决信任危机,也许只能等待社会机制的转型了。

　　　　　　　　　　　　　　　　　　(林　爽)

　　　　　　　　　　　　　　　(题图:俞耀庭)

# 普渡和尚

在张家畈与白门楼之间，有一条宽宽的涧溪，涧溪上横着一座木桥。

这木桥是由两根窄窄的圆木做的，桥面上长满风干了的白色蘑菇，桥下是深不可测的黑黑的溪水。桥那边的山上，有一座古庙，庙脚下是一间山村小学破烂的校舍。

庙里有一个和尚，法号普渡。普渡和尚过桥的功夫甚是了得，简直让张家畈与白门楼的居民叹为观止，但见他双手合十，目不斜视，飘飘然跨涧而行，如履平地。而张家畈与白门楼的居民，由于木桥年久失修，走在上面一步三摇，所以来来往往过桥时总是提心吊胆，生怕一不小心掉下溪去。

于是，普渡和尚决定在涧溪上为大家修一座石桥。

可是,当普渡和尚把自己这个想法告诉涧溪两岸张家畈和白门楼的两个族长时,他们却大叫"不可"。他们觉得,不要说在这宽宽的涧溪上架石桥难,就算是能够架成,那该要花多少人力和物力呀,这个普渡和尚简直是异想天开。

涧溪两岸的居民得知消息,虽然惊喜万分,却也不住地摇头,因为他们也不相信在这么宽的涧溪上能够架成一座石桥。

但是普渡和尚却坚持自己的想法,并且付诸行动。他山里山外挨家挨户地募捐化缘,聘请工匠,风里来、雨里去,忙个不停。涧溪两岸的居民们天天都能看到他匆匆而过的身影,双手合十,目不斜视……

渐渐地,在年久失修的木桥旁边,真的建成了一座宽大的石桥,似龙盘虎踞。石桥通行那天,张家畈和白门楼的居民个个欢呼雀跃,纷纷涌向石桥。

可是,普渡和尚脸上的神情却十分平静。只见他双手合十,向居民们说道:"各位施主,此桥乃老僧倾力所建,各位施主如若过桥,除六旬以上老人和上学孩童外,一律要交过桥的钱。恕老僧无礼了,善哉,善哉!"

过桥还要交钱?居民们听了顿时大失所望,他们不相信普渡和尚真的会把事情做绝。可谁知就从第二天开始,普渡和尚竟真的把以往每日在庙里打坐的功夫,搬到石桥边来了,他在那里搭了个凉棚,终日在里面正襟危坐,口诵佛经,身边放着一个十分刺眼的铜盆,专门用来放两岸居民来往的过桥钱。

一日,有个喝了几盏酒的愣头小伙就是不肯给钱,却执意要闯过桥去。普渡和尚也不多话,"噗"地站起,向他伸出一个指头,指着朔风中微微颤抖的木桥默然不语。愣头小伙没法,只好扔下过桥钱,悻悻而去。

这一来,涧溪两岸的居民过桥再不用提心吊胆,可也从此对普渡和尚开始心生反感。

事情并没有完,让众人谁也没有料到的是,两年后,就在那座庙脚下,出现了一座新建的校舍,那是普渡和尚用每日收来的过桥钱所建。

不过,就在校舍落成之日,有人看见普渡和尚双手合十,目不斜视,从原先那座木桥上飘然而过,云游四海去了……

记得鲁迅先生曾说过,改革是要有代价的,就连搬动一张桌子,往往都有可能头破血流。一般来说,山里人"性本善",和尚的善举还跟他们的生活与未来相关,但即便如此,和尚的行为也还是遭到了人们不同程度的误解。由此可见,改革在中国是何等的艰难了。

（李相文）

（**题图**:箭　中）

# 他乡遇红颜

　　湖南李县有一举人,名叫李玉,参加会试落榜后,便和几个朋友一起由京城回南方老家。

　　这天,李玉他们来到山东某县城时天色已晚,经打听,客栈都已住满,一行人正着急无处可去时,李玉突然瞥见客栈后面有几间屋,便问伙计能否租用。伙计说:"这屋是一送葬的官家包下的,恐怕未必肯让,我去替你们说说。"

　　一会儿工夫,伙计回来了,说那官家同意让出一间西屋给他们。李玉几个很高兴,于是便向伙计打听那官家是什么身份。伙计说,送葬的官家是一位将军的女儿,湖南李县人;将军在北方做官时病故,她这是扶柩回故里归葬,不慎路上得了风寒,迟迟不见好,所以住在这里已有月余。

李玉一听这送葬的女子竟是自己家乡人,心里顿生恻隐之心,于是赶紧借着感谢让屋的名义去将军灵堂吊唁,还特地为将军烧了些纸钱。

走出灵堂时,李玉隐隐听到隔壁屋里有女子的哭声,他估计这女子就是将军的女儿了,哭声虽不大,但甚是悲凉。

李玉正犹豫着要不要去看看,只见那屋门帘一挑,一位家人模样的老太婆走了出来,对李玉说:"我家小姐要面谢老爷。"说完,即回转身去将小姐扶了出来。

李玉一看,小姐大约十八九岁年纪,面容苍白,柔弱无力,但容貌甚是端庄,举止不失大家风范。

小姐磕头谢过李玉,说:"家父不幸去世,家母也早已离去,如今只留小女子一人,扶枢至此,劳顿成疾。小女子已托人往家乡送信,请堂兄来此接迎,却不见回音,也不知堂兄何时能来……"说到这里,不由潸然泪下。

李玉见了心中不忍,赶紧好言安慰了几句,回屋后便与朋友几个说了小姐的遭遇。李玉想邀小姐同行,路上好对她有些照顾,可朋友们却归家心切,对李玉的话不以为然。李玉看此情形,决定不勉强朋友,自己一个人留下,等小姐病情好转后,陪她一起回乡。

李玉把这意思跟小姐一说,小姐感激涕零,拜谢再三。于是第二天,李玉的几个朋友一早踏上归程,李玉则留在了客栈。

李玉和小姐很快就熟悉起来,这才得知小姐名叫小莲,性格极是柔顺。朝夕相处,李玉和小莲互相有了爱慕之心,只是不挑明罢了。

一天,小莲问李玉:"不知客官归乡之后有何打算?"

李玉笑道:"我不过是谋一个课馆教书的营生而已,还能有什么打算?"

小莲说:"客官一表人才,难道就甘心做一辈子穷教书匠?

我看不如先捐个京官做，然后再寻机会的好。"

李玉摇摇头："我一介寒士，哪拿得出这么多钱来捐官？小姐不要取笑了。"

小莲却认真地对李玉说："我一个弱女子，无缘无故受客官恩惠，也是前世注定的缘分，若是客官不嫌弃，小女子愿以身相许。家父以前在北方做官，所遗虽薄，可捐个京官的银两总还是有的，只是不知客官意下如何？"

李玉忽闻如此意外之喜，一时愣住了，不知说什么好。

小莲道："客官真若有意，事不宜迟，我们马上就动身到京城，上下通融去。"

小莲做事非常果敢，而且极有分寸，见李玉没吱声，她第二天就和店主商定，先把父亲的棺木在附近浅葬，待日后办完事再来改葬，随后就拉着李玉动身前往京城，两人遂成了夫妻。

小莲和李玉在京城一家客栈住下后，小莲便每日出去打听，她说多少有些父亲的旧关系，只让李玉在客栈等候。果然不逾半月，小莲真就给李玉捐得了个空缺。

小莲与李玉商量说："在京城做官，家乡的亲友听说后一定会云集而至，我们现在根基还浅，恐怕应付不过来，不如相公上任前先改个名字更妥。"

李玉对小莲的话言听计从，表示一切都照小莲的意思办。所以后来小莲为李玉租赁宅子，购置车马衣物，李玉穿戴一新上任之后，他也只是把自己做官的事儿告诉家里，还嘱咐他们不要外传。

小莲对官场诸事甚是熟悉，没过多久，她就建议李玉把在京做官的同乡请到家里来设宴招待。从此，他们家门前车马不断，李玉很快就和这些乡官们的关系密切起来。

又一日，小莲对李玉说："相公，你经常在外应酬，我一人在家很是寂寞，我想和你那些乡官朋友的家眷有些往来，你看合适吗？"

李玉正惟恐怠慢小莲,一听此话,自然点头。

小莲又说,"我若去拜访他们,自然要穿着得体,可柜里的衣物都不是新式样,你能否给我置办一下?"

李玉正愁找不到报答小莲的机会,于是就赶紧让小莲把衣服尺寸及款式要求写下来,还叫她拿出以前的首饰钏钗和珠花,把怎样改造添置的事儿也一一说明,立即吩咐下去。数日之后,这些东西就陆续送到了府上。

小莲一边欣赏,一边夸李玉会办事儿。但是当她在看珍珠首饰的时候,突然惊叫起来:"哎呀,这珍珠是假的,你这是从哪里买来的?"

李玉一听大惊,说:"我是去京城那家最有名的珠宝行买的,那里卖出的东西怎么会是假的呢?"

小莲笑着说:"你真是书生气,在京城,越排场阔绰且有名望的珠宝行,他们的货越能以假乱真。不过这等伎俩骗得了你,却骗不过我,只是他们不该不把你放在眼里。"

李玉被小莲这么一说,气得立刻要去店里理论。

小莲拉住他说:"买也买了,先消消气,吃过饭再去不迟。"说罢亲自下厨,直到看着李玉吃完了,才让他出门。

话说李玉来到店里,让伙计叫出老板,斥责说是买了假珠子回去。老板一边说"绝不可能",一边接过李玉手里的珠子仔细看,肯定地说:"这不是我们店里的东西。哼,明明是你拿了真货回去,现在却换成假的来讹诈我们!"

李玉一听此话真是怒不可遏,双方于是就争执起来,一时间,店铺里乱成一片。

正在吵吵嚷嚷的时候,李玉突觉口渴难忍,看到店内接客的小桌上有茶水,拿起来就喝。可谁知茶水一下肚,他就突然口吐白沫仰脸倒地,伙计一看大惊,赶紧上来察看,只可惜李玉此时已气息全无。

老板不由惊慌起来，顾客死在店里总不是什么好事。

就在此时，从店门外突然走进一少妇，后面还跟着一个佣人打扮的老太婆。少妇说自己丈夫来店里采换珠子，迟迟不归，她放心不下，才找上门来。

来者正是小莲，她看到李玉倒在地上，不由捶胸顿足，放声大哭。

小莲对老板说："你们卖出的珍珠，真假我不知道，但我丈夫来时还好好的，现在却死在你们店里，这不是你们做下的手脚还会是什么？"说罢，她也不听伙计解释，让跟来的老太婆去请人来验尸，果然是中毒而死。

小莲不与老板多话，紧接着就去平日里来往的官家那儿求助，大家听后都表示愿意帮小莲打官司。

老板一看小莲这架势，知道自己斗不过这个女人，于是就私下里派伙计去和小莲商量，说愿以重金赔偿，只求免去官司。

小莲可厉害了，让来人传话回去给老板，说除非老板把店里所有家当给她，否则就要老板以命相抵。她说，她非要打赢这场官司不可。

老板一听小莲这话，方明白对方其实是早有图谋，万般无奈之下，他只得照办。

拿到银票后，小莲替李玉盛殓发丧，遍谢各家好友，随后就变卖家当，扶柩回乡。不过有人说，她走的不是回湖南李县的路；又有人说，北方从来没有一个来自湖南李县的将军……

这则民间故事中奇女子的运筹帷幄，虽然行的是诈骗之术，但其勇谋胆略却令人震惊。若穿越到现代，把心思用在正道上，那么成为巾帼不让须眉的铁娘子也不是没有可能的。

（佚　名）

（题图：黄全昌）

# 良　盗

　　民国时候,有个"三只手",叫钟祥云。

　　祥云自称是个良盗,他说他偷东西有三不原则:一是老弱病残者不沾;二是方圆五十里内不取;三是不搞"一锅端"。祥云说,他得给人家留条活路。

　　祥云家里很穷,他的盗技是跟舅舅学的。祥云记得自打小起,舅舅每次来他家都自备酒菜,自斟自饮,吃完了就拍拍屁股走人,也不多话。

　　那是三九天的时候,一个午后,祥云手里握着一双铁筷子,正在摆弄那盆气息奄奄的木炭,舅舅掀帘闯进屋来,抬腿坐上了他家冰冷的炕头。

　　祥云一头跪倒在舅舅面前,说:"舅,我想跟您学手艺。"

舅舅不吱声。

祥云苦苦哀求："舅,我想跟您学手艺,您教教我吧!"

舅舅还是不吱声,将自己肥大的裤管撸起,然后拿过祥云手里的铁筷子,夹起火盆里一块最旺的火炭,往自己腿上放。只听一阵"丝丝"响,紧接着就从舅舅腿上冒出一股难闻的焦煳味儿,可是舅舅却不以为然,从怀里摸出酒壶,把它放到木炭上烫酒。

祥云看呆了,也吓傻了："舅,您这不是把腿给烫烂了?"

舅舅瞥他一眼,说："这手艺你学不了。"

可到底是酒香醉人、肉香诱人,祥云最后还是练上了这手艺。直到解放后,他在政府感召下才毅然决定金盆洗手,退出盗界。

这一天,祥云兴致突发,口袋里鼓鼓囊囊地塞了一沓钱,风尘仆仆去安泰赶庙会,不料在看热闹时,一沓钱被人掏了。祥云当下心急火燎:没了钱,别的不说,光回家这四百里地,靠脚力几时才能到家呀? 无奈之下,他心里不由一动,便捡了些掉在地上的冥纸,用手帕包了往口袋里一揣,钻进了人群。

祥云眼睛看着别处,心却在自己的衣服口袋上。不多时他觉得口袋里有了动静,于是疾速出手,一把就把对方伸进他口袋还没来得及抽出的手给擒住了。

祥云只略一使劲,只听"咔嚓"一声,他知道,对方那手已经被他折了。可让祥云惊讶的是,那人竟然没有发出一点声音,他心里不禁暗暗佩服。

转回头,祥云发现对方是个瘦高个,正紧咬牙关,精瘦的脸上渗着豆大的汗珠。

祥云急忙将那人拽出人群,低声说："兄弟,别怪我,我以前也是干这个的,今天我是没有法子了才出的此招,我的盘缠被你们弄去,没法回家了。"

瘦高个强忍着痛,对祥云说："前辈,这事儿包在我身上。"果然,没过一个时辰,他将祥云丢失的一沓钱分文不少地拿了回来。

祥云有些动情,他点出其中一半塞给瘦高个,感慨道:"兄弟,咱这双手,除了干这个,总还可以干点别的吧?"

这话一出口,祥云自己也不禁震住了,仿佛一下子解开了郁结在自己心头多年的结:是啊,不就是这么个简简单单的道理吗?这双手除了拿现成的,难道就不能干点别的吗?

自此,这句掷地有声的话就丢在了安泰,盗技从此在祥云的家族中彻底失传了。

俗话说"当局者迷",确实,利欲熏心的盗贼无法轻易抽身。不过,换个角色体会,换个位置思考,恐怕就能豁然开朗了。正如当今发发可危的食品安全问题,如果某一天,当细菌超标的牛奶,添加瘦肉精的猪肉,含有致癌物质的甜品,都出现在自家餐桌上时,黑心厂商还会继续昧着良心干下去吗?

（沃　夫）

（**题图**:黄全昌）

　　民国时候有一个刚入行的小偷,因为经验不足,行窃时老是被人抓住,不是被打得头破血流,就是被送进衙门。于是,他便想拜高师学艺。

　　听说这行当中有个高人,几十年来从没失过手,据说还能飞檐走壁,甚至还会隐身术。这小偷于是就按江湖上的规矩,倾其所有买来贵重礼品,来到高人家门口,二话没说就跪了下来。

　　高人见他没进门就下跪,还带了这么多东西,就知道他是干什么来的了。可是,高人连眼皮都懒得抬一下,进进出出时根本就对这小偷视而不见,就像没他这个人一样。

　　晚上,高人洗完脚,对小偷说:"让开,我要倒洗脚水了。"可小偷却仍旧跪着,一动不动。高人于是手一扬,将一盆脏兮兮的洗脚水全泼在了他的头上。

第二天早上，高人又将洗脸水、刷牙水往小偷身上泼，可小偷竟连一颗水珠都不甩，仍然一动不动地跪着。

到第三天，这小偷还是跪在高人家门口一动不动。

高人没辙了，打开门，长叹一声："唉，你有这般毅力，干什么不好，偏要学偷呢？"

小偷一听高人这话，知道他这是表示肯收他当徒弟了。

果然，高人对小偷说："这样吧，明天晚上我带你出去一次。不过先说好，咱们的缘分仅此一次，你以后不要再来缠我。"

小偷一听，不禁又惊又喜：高人终于开了金口！能亲眼目睹一次高人下手的过程，真是机会难得呀。小偷嘴里连声说"好"。

第二天晚上，师徒两人早早吃了晚饭，天刚擦黑就上路了。

他们来到街上，穿过一条巷子，来到一排屋跟前。就在这时，忽然"啪"地一声响，屋里像是打碎了什么瓶子，接着就从这家窗户里传出一男一女两个激烈的争吵声。

高人悄悄对小偷说："走，就去这家。"说着，他带着小偷走到这家门前，只轻轻一拨弄，就将房门打开，一侧身闪了进去。

小偷心里不由一惊：你高人怎么这么莽撞呢？他们小夫妻俩正在里面吵架，还不如待会儿等他们吵出门后再下手。可一看高人气定神闲的样子，便悄悄跟在后面进了屋。

谁知高人进屋后，竟"砰"一声重重地把门带上，随后又走到茶几跟前"哗"倒了杯水，"咕嘟咕嘟"一口气全喝进了肚里。发出这么大的声响，小偷吓得心都要跳出来了，可让他分外意外的是，屋子里的这一对小两口，却像什么都没有听到似的。

让小偷目瞪口呆的事情还在后面！只见高人径直走进夫妻俩的卧室，此时女人正躺在床上，长发散乱地披了一头，她脸本来是朝着门的，听到高人的脚步声，竟翻了个身朝墙里睡去。高人于是就三步两步走过去，把梳妆台上女人放在那儿的头饰、戒指和耳环什么值钱的东西,统统塞进自己衣兜里,还拉开抽屉乱翻了一通。可睡在床上的女人这时候却依然像什么也没听见一样,扭着脸躺在那儿,身子一动不动。

高人随即又走进另一间屋,里面也有一张床,床上也躺着一个人。谁?这屋的男主人。不过这男人也很奇怪,听见高人和小偷的脚步声之后竟也扭过头去,好像是等着他们进去一样。

小偷看到这一幕,心里真是惊讶不已:难道高人身上真有什么魔法?他真会使隐身术,让人家看到他就像没看到一样?

总而言之,高人这晚把在那户人家里看到的所有值钱东西统统搜罗进囊中,然后带着小偷成功撤离。

回去后,高人问小偷:"都看到了吗?"

小偷点点头说:"看到了。"

高人问他:"你都看到什么了?"

小偷并不笨,刚才一路上都在苦思冥想。他回答高人说:"今晚下手的这家,房子挺大,看得出来是有钱人家,他们夫妻俩一吵架,就给了咱们下手的机会。又因为他们两人一生气就互不理睬,各睡一个房间,我们进去时他们都以为是对方,所以连看都懒得看一眼。今晚这一趟,徒儿真是大长见识了。"

高人一听,连连点头:"不错,正是如此。行了,你满师了。"

可谁知,小偷竟"扑通"一声朝高人跪地哭道:"徒儿不想离开师傅,徒儿愿把师傅当作亲爹一样奉养。"

高人朝小偷连连摆手:"你的好意我心领了,只是……"高人摆弄着刚得手的东西,说,"这些玩意儿还值点钱,够你生活一阵子,也够一个人改邪归正的本钱了,你拿去吧。"

小偷听了涕泪交加,只好和高人分手。

可谁知,半年后的一天,小偷突然又出现在了高人的面前,腿一瘸一瘸的,满脸是凄惶的神色。他进门就又给高人跪下了,说:"徒儿学艺不精,有辱师门。"

高人不动声色地问他："怎么啦?"

小偷垂头丧气地说："我一切都按照师傅教的去做,可总是得手少、失手多。这不,又被人家打成这样子,刚从牢里出来……"

高人瞥小偷一眼："你真是照我教的去做的吗?"

小偷点点头说："是啊!"

高人想了想,问他："你最后摸了吵架夫妻吗?"

"摸?摸什么?"小偷不懂高人这话是什么意思。

高人叹了口气,说："我带你去的那天晚上,最后……"

高人刚把话说到这里,小偷忽然想起来:那天高人离开吵架夫妻屋时,竟然到女人睡屋里去摸了一下女人的大腿,又到男人睡屋里去摸了一下男人的屁股。当时,小偷还以为是高人独居多年有点心理变态,再不就是得意过度在搞恶作剧。

高人问小偷："你知道我当时为什么要这么做吗?"

小偷摇摇头："这……难道还有什么用意?"

高人说："你只想着去偷别人东西,怎么没想到做点好事呢?吵架的夫妻互相生着闷气,当晚肯定睡不好,如果不和好,第二天乃至几天心情都不会好。我这么做,就是为了让他们互相都以为对方是在向自己道歉,我这是让他们重归于好的意思。而且他们关系若是好了,以后就是发现少了东西,也都以为是自己的错,轻易不会再发火……"

小偷一听,怔住了:到底是高人啊,想不到这轻轻一摸,竟然会有这么多意思。

再高明的偷技,也难免会失手,所以下手时切不可太贪,而且要时时多为别人着想。为别人着想,其实也就是为自己留条后路。这虽是盗中之道,但于为人处世方面仍有不少借鉴意义。

(凡 悦)

(题图:黄全昌)

# 因 果 怪 谈

人生浮沉，家道兴衰，事事皆有因果；恩恩怨怨，起起落落，一切尽在掌握。

# 指点来生

山脚下有条小溪,溪边住着一对母子,田无一分,地没一垄。儿子每天清早上山,砍回一担柴来,再挑到镇上去换回大米或油盐,母子俩以此度日。

有天晚上,下了一夜暴雨,第二天清早儿子起来一看,发现架在溪上的木桥已经被水冲走。木桥虽小,却是大家过溪的必经之路,没了桥,山里的人出不来,山外的人进不去,碰上急事就更麻烦。于是,儿子毫不犹豫地就担当起了修桥的重任,上山砍树,下水打桩,扎桥架,钉桥板,整整忙了一天,总算把小桥修好了。由于修桥占去了上山砍柴的时间,这天,儿子和他母亲只能以野菜充饥。

都说"好心有好报",可是儿子做了这么件好事之后,还不到一个月，竟得急病死了。山上寺庙里的老和尚得知消息，就赶下山来为死去的儿子超度，还给了母亲一些吃的。

老和尚安慰母亲说："人死不能复活，请老人家不要过于伤心。你若是真的疼爱你儿子，可将他右脚小趾咬下，妥为保管，也许二十年后你们母子还能相会。"母亲虽然对老和尚的话将信将疑，但还是照着做了。

时间一晃过去了二十年，母亲孤苦伶仃一个人苦撑苦熬了二十个春秋，已是两鬓斑白、老态龙钟，日子过得更加艰难了。

这天，老和尚特地下山，告诉母亲说："县府新来了一位知县，就是你儿子，你可拿着当年从他脚上咬下的小趾，前去相认。"

母亲听了老和尚的话，也不管是真是假，更顾不得山高路远，拄着拐杖就往县府赶。见了知县，她心里真是百感交集，呈上脚趾，结结巴巴地说明了来意。知县一听，甚为惊讶：自己生来右脚就缺一小趾，除了父母，没人知道。眼前这位白发老太到底是什么人？她手里这脚趾又是从何而来？

知县接过脚趾，进入内室，脱去鞋袜，一对，怪事，竟然连伤痕都彼此吻合，丝毫不差。知县决定先将白发老太留在衙内，盛情款待。知县从白发老太嘴里得知了老人家当年的失子之痛，听说老人当初咬趾和如今认子之举，都是经老和尚指点，当即进山到庙里拜见，恳求老和尚告知缘由。

老和尚对知县说："你前生是白发老太的儿子，二十年前为了修复溪上那座小木桥而断粮一天，积了阴德，所以你托生转世，科考得中。"

知县当然对老和尚的话深信不疑，回衙后立刻大办筵席，当众认母。事后，知县心想：我前生只修了一座小小的木桥，今生就当上了县令；要是我从现在起多修桥多筑路，广积阴德，来世岂不更加飞黄腾达，尽享荣华富贵？于是便下令全县加收捐税，广征民夫，修桥筑路。

可是,县官动动口,百姓吃苦头。当地百姓从此就今天掏钱、明天出力,桥造了一座又一座,路筑了一条又一条,可日子却过得一天不如一天。但是知县却骑着马四处看,兴奋异常。

这天,知县忍不住上山来到庙里,问老和尚:"师父,一年来我修了这么多桥,筑了这么多路,积了这么多德,您看,我来生该有何种报应?"

老和尚笑而不答,拉着知县来到山门外,指着山下问:"你看见什么啦?"

知县一看,回答说:"有一个人,正赶着驴车在路上跑。"

老和尚点点头,说:"那就是你的来生。"

知县一惊:"什么? 我前生只修了一座小木桥,今生就能当知县;可如今我修了这么多桥,筑了这么多路,为什么来世反而只是一个赶车的?"

老和尚淡淡一笑,纠正他道:"不,你来世不是赶车的人,是拉车的驴。"

"那是为什么?"知县大惊失色。

老和尚不紧不慢地给知县解释说:"你前生修桥,是出于行善,宁愿自己受苦,所以今生当了知县,这叫善有善报;可如今,你修桥筑路为的是积德图私,你加收捐税,强征民夫,闹得百姓叫苦连天,这还有何德可言? 所以,你来生只能变驴拉车,这就是人们常说的恶有恶报。"

知县一听,哑口无言……

民间有许多因果报应的故事,代代相传,至今还"活"在人们的口头上,究其原因,大概是这些故事并非宣扬迷信,而是教人如何为人……

(马兰智)

(题图:李 加)

# 老狐深算

康熙年间，苏州出了件震惊朝野的大事，事情就发生在东门外一个姓何的人家里。

何家祖宗是显赫门第，名震江南，豪宅庭院占地四十多亩，亭台楼阁雕龙画凤，好不气派。可是何家的子孙却不争气，个个吃喝嫖赌、游手好闲，等传到第九代孙子何寿山手里时，万贯家财除了那一大片空落落的宅院，已所剩无几。

此时，何寿山已年过四十，手不能提，肩不能挑。靠什么过日子呢？他只得四处张贴告示，变卖房产。可是这么大一个宅院，出价肯定不低，有几个人能买得起？所以何寿山将告示贴出很久，却一直无人问津。

这天，何寿山正愁眉苦脸地坐在宅院门口晒太阳，突然来了个老人,白发苍苍,银须飘胸,身穿一件白长衫,手挂一根龙头拐。

老人向何寿山作了个揖,问道:"敢问这位可是何东家?"

何寿山见老人气度不凡,忙起身还礼:"鄙人正是,不知老先生有何指教?"

老人说:"得知何东家要出让这座宅院,特来问问要价。"

何寿山一看总算来了个买者,顿时喜出望外,忙请老人进屋。

老人却摇摇头,说:"不必客气,何东家请开个价吧。"

何寿山想了想,说:"这是祖业,本不该出让,只因鄙人孤身一人,既用不了,也管不好。老先生真要有意买,就给纹银八千两如何? 要不,先看看屋再说?"

哪知老人十分爽快,说:"屋不必看,我也不还价了。"他一边说,一边就掏出八张银票,递给何寿山,"你我来个君子之交吧!不必立什么字据了,三天后,我全家就搬过来,到时再请你喝几盅,如何?"

这真是:踏破铁鞋无觅处,得来全不费功夫。何寿山哪有不应之理? 就这样,他八千两银子到了手,高兴得一夜没睡着觉,心里不住地盘算着如何重振家业。第二天,他便雇人搬家,搬到附近一个小屋,腾出宅院来给老人一家住。

可是,三天过去了,不见老人影;又三天过去了,还是不见老人影;待第三个三天过去之后,何寿山心里生了疑:那老人买房不还价,也不要立字据,明明谈妥了,却又迟迟不见搬来,这到底是什么意思? 他莫不是天上的神仙?

这天晚上,何寿山正躺在床上胡思乱想,突然有人敲门。他爬起来开门一看,只见门外站着两个年轻漂亮的姑娘,每人手里提着一盏大红灯笼。

其中一个姑娘很有礼貌地对何寿山说:"我家主人请何东家

赴宴。"

何寿山觉得奇怪:"你家主人是谁?"

姑娘说:"何东家真是贵人多忘事,我家主人不是亲自登门来向您买房的吗? 我们迁来此地已有数日,我家主人今日特地备下酒宴,请您一定要过去聚聚,喝上几盅。"

一听姑娘说他们已经搬来数日,何寿山不禁大吃一惊,顿时满腹疑虑。可是盛情难却,不便推辞,于是他就换了衣服,跟着两个姑娘去了。

走进原本是自己的宅院,何寿山愣住了:野草丛生的庭院,现在变得绿草如茵,亭台楼阁也都油漆一新,客厅里更是金碧辉煌,灯火通明。何寿山正惊讶得目瞪口呆之时,只见那买房的白发老人迎了出来,喜气洋洋地招呼何寿山说:"啊,何东家驾到,失迎! 失迎! 请——"说着,就请何寿山落座。

此刻,客厅里已摆了几十桌筵席,宾客满座,好不热闹,桌上满是山珍海味。何寿山坐下后,白发老人左一杯、右一杯不停地给何寿山劝酒,直到把何寿山灌了个酩酊大醉,才派人将他扶回家去。

这一觉,何寿山一直睡到第二天上午日上三竿时才醒。醒来后,他揉揉眼睛,昨晚的事虽如南柯一梦,但一切都历历在目。何寿山越想越觉得奇怪,为了弄清真相,便急忙起身,跑去老宅院,想看个究竟。

谁知这一看不得了,何寿山吓得差点晕倒。只见老宅院的大门依然铁将军把着,从门缝里望去,院里照旧破败不堪,野草丛生,没有半点住人的迹象。何寿山猜想自己肯定是碰上鬼了,他想:这么大个庭院,要是真有了鬼,那以后自己还有太平日子过吗? 再一想:我虽斗不过鬼,但可以将鬼赶跑呀! 于是一时兴起,干脆就往宅院里放了一把火。

这场火整整烧了三天三夜,把老宅院烧成了一片废墟,让何寿山万万没有想到的是,大火竟还烧死了一百零八只狐狸。他这才明白,昨晚上和他一块儿喝酒的,全是狐狸精。

何寿山正庆幸自己及时果断采取措施了呢,不料时隔三天,这天晚上他刚迷迷糊糊睡着,那个白发老人突然出现在了他的面前。

白发老人拄着拐杖,咬牙切齿地对何寿山说:"好一个无情无义的何东家,我与你无冤无仇,好心买你的房,又盛情款待你,你为什么还要趁我出门之时烧我的屋?还烧死我一百零八个孩子?告诉你,此仇不报,我死不瞑目,三年之内,咱们见分晓!"

何寿山被白发老人这话猛一吓,醒了,睁眼看,老人已飘然而去。他越想越害怕,再不敢在这屋里住下去了,于是第二天就搬去了别的地方。

一晃两年过去了,两年里一切平安,啥事也没发生,何寿山连做梦都没梦见过那个白发老人。他心里猜测:大概老狐狸年事已高,已经一命呜呼,或者被哪位神仙收去,无法为非作歹了。这样一想,他心里自然放宽了不少。

这天,何寿山的一个朋友来看他,无意中说起,苏州城里新开了一家相命馆,门前贴有一副对子:能算前世因果,可知未来祸福。许多人去相过,都说很准。听朋友这么一说,何寿山不由动了心,决定去会会那个相命先生。

他来到相命馆,谁知相命先生刚和他照面,就将他拉入内室,跪地便拜,嘴里还说:"贵人龙眉凤眼,一身帝王之相,实为星宿下凡。本人受太白金星差遣,特来寻访贵人。现在大清朝气数已尽,贵人何不趁早一统天下,荣登龙廷?"

何寿山被他这一说.心里真是惊喜万分,可又不知道这当皇帝的事该从何做起,于是连忙扶起相命先生,说:"相士请起。你既然受上天派遣,但不知今后有何打算?"

相命先生说:"此处不是说话之地,明日我把这馆关了,与贵人同住,再细细策划,从长计议。贵人请放心,统一大业之事,指日可待。"

　　第二天,那相命先生果然关了馆门,搬来与何寿山同住,两人从此形影不离,整天商讨天下大事。何寿山见相命先生事事高瞻远瞩,便对他佩服得五体投地。

　　后来,相命先生拿出几千两银子来交给何寿山,说是要和他共创大业,何寿山便用这银子暗地里招兵买马,很快就拉起一支五六万人的队伍。何寿山自命"靖宁大元帅",拜相命先生为军师,并宣布起义,带着队伍一举攻下了苏州城。

　　这事儿当然惊动了朝廷,康熙皇帝立即派护国大将军领兵南征。

　　兵临城下,何寿山却满不在乎,他以为有上天相助,有军师保驾,可以万无一失。可他那支五六万人的兵马其实是乌合之众,而且在紧要关头,那个相命先生早已经脚底抹油不见了踪影。南征军势如破竹一举攻下苏州城,何寿山最后落了个被活捉的下场。

　　秋后,何寿山被斩首示众,因受他株连而同时被处决的,还有他的四亲六眷,连他自己一共是一百零八人,正好和三年前被他烧死的一百零八只狐狸数相等。

　　于是有人说,给何寿山做军师的相命先生,一定是那只老狐狸所变,因为它年迈体弱,势单力薄,无法直接报仇,所以就使了这么个借刀杀人的计谋,将何寿山和他的亲亲眷眷统统推上了断头台。

　　当然,这只是一种猜测,是否真如此,谁也说不准,只有天知道。

　　家道兴衰,本无定准,全凭自己把握;恩恩怨怨,全系人为,看你如何对待。

（方　仁）

**（题图:俞耀庭）**

# 留 一 手

　　清朝光绪年间,富春江畔的一个村子里出了个大财主,姓柴,号称"柴百万"。

　　这年秋天,柴百万的老娘死了,丧事办得气派不说,柴百万还请来当地颇有名气的风水先生,让他为老娘的墓地寻一块风水宝地。

　　柴百万把风水先生领上楼,推开窗子,说:"看见了吗? 开窗八百亩,这里的山塘田地全是我的。你尽管找,找到风水宝地,我重重有赏。"

　　当天下午,风水先生便夹起罗盘四处奔走起来。他这里看看,那里量量,足足忙活了两天,然后对柴百万说:"宝地倒是找到一处,相信让老夫人在那里安息后,你们家子孙后代必定高官尽做,白马任骑,金银财宝滚滚来。不过……"

风水先生卖了关子,说到这里打住了。

这可把柴百万急坏了:"不过什么? 你直说就是,出多少钱我都愿意,我也出得起。"

风水先生朝柴百万摇摇头:"不是钱的问题。"

"那是什么?"

"你有所不知,我若是把这地方告诉你,等老夫人一入土,她是安息了,可我的眼睛却要瞎了。虽说我孤身一人,上无老下无小,可毕竟现在年龄还不到五十呀,瞎了眼睛,以后的日子怎么过? 你就是给我再多的钱,也还是要用光的呀!"

柴百万起初很紧张,一听风水先生这么说,心放了下来,笑道:"侬呀,真是'好愁不愁,偏愁六月没日头'。你怕什么,以后住在我家里,我养你就是了。嘿嘿,不要说养你一个,就是十个百个,餐餐喝酒吃肉,我柴百万也养得起。"

可是风水先生依然摇头:"就算你养我,我一个瞎了眼的人,终究会给你们带来许多麻烦,这不是三天五天的事,天长日久,谁都会生厌。常言道'长病床前无孝子',自家人都如此,何况我与你们非亲非故,哪敢冒这个险?"

柴百万一听急了:"哎呀呀,你是我们柴家的大恩人,恩人赛过再生父母,岂能与一般亲人相提并论?"

他说着两膝一弯,"通"地跪倒在地,对天盟誓:"苍天在上,我柴某日后要是忘恩负义,就天打五雷轰,不得好死……"

风水先生哪里见得柴百万这个样子? 吓得连忙扶起他,说:"东家言重了,快快请起,我这就领你去看风水宝地。"

就这样,经过实地勘察,定了向,挖了坑,然后选定吉日良辰,柴百万把他老娘热热闹闹地送上山,埋进坑,垒起个又高又大的坟墓。

说来也真神了,就在柴百万老娘入土后的第七天,风水先生果真就突然双目失明,啥也看不见了。柴百万嘴上不说,心里真是好不开心:由此证明,这个风水先生确实有本事。他于是立即将风水先生接进府里,为他安排房间,还派专人服侍,一日三餐酒肉相待,奉为上宾。

可没想,这个风水先生很怪,整天绷着个脸,像是欠他多、还他少似的,还动不动就发脾气。更让人不解的是,他每顿饭吃完,嘴巴一抹,便开始甩碗。先甩饭碗,后甩菜碗,直到把桌上的碗统统甩到地上,砸成了碎片,才收场。那"乒乒乒乓"的砸碗声,闹得柴百万全家人心惊肉跳,而只有在这个时候,风水先生的脸上才透出一点点笑容。

柴百万对风水先生这种怪异的举动很不满,但猜想他肯定是因为一下子瞎了眼睛心里烦躁,又没地方发泄,只得拿碗出气,于是就对下人说:"不就是几只碗吗,爱甩就让他甩去,等以后甩厌了,他自然就会罢手。"

可事情却并不像柴百万猜想的那么简单,整整一个月过去了,墙角边的碎碗片已经堆得老高,可风水先生甩碗的劲头有增无减。

这下柴百万耐不住了,便问风水先生:"你到我家一个月了,吃得如何?"

风水先生说:"可以呀。"

"住得怎样?"

"也不错呀。"

"既然你对吃住都还满意,那为何要砸我的碗呢?"

风水先生说:"怎么,砸破几只碗,你心疼啦?"

柴百万摇摇头:"这不是心疼不心疼的事,吃饱饭砸碗有什么意思?"

风水先生笑了:"东家,我倒觉得蛮有意思。一来看看你家的碗牢不牢;二来么,我自小就喜欢听砸碗的声音。唉,生就的心,钉成的秤,改不了啦!"

风水先生这番话,把柴百万激怒了,他一肚子的火"吱吱"地直往上冒,怒气冲冲道:"什么,你天天砸我的碗是为了听响声?亏你想得出来!我这些碗都是花钱买来的,又不是从天上掉下来的。"

从此以后,柴百万就再也不在风水先生面前露脸了,而且给风水先生吃的饭菜也越来越差,碗也全改成木头做的了。风水先生看看自己遭受如此境遇,不由长叹了一声:看来这里不是我的久留之地,我该走啦!

主意打定,他当晚就卷起铺盖,拄根拐杖,摇摇晃晃离开了柴家。

风水先生前脚刚走,家仆后脚就去向柴百万报告。柴百万心里正巴不得呢,眯着眼睛说:"我们柴家有他不多,没他不少,既然是他自己要走,那就让他走吧!"

柴百万不知道,其实风水先生的眼睛好好的,根本就没瞎。他所以要装瞎,一是要显示自己看风水的本事,二是为了试试柴百万的心。果然这一试,就试出柴百万是个过河拆桥的小人来。

再说风水先生走后,柴百万一心就想要仰仗老娘的风水宝地,盼着自己做官骑白马的日子早点到来。可谁料随着时间一天天过去,柴家的日子却越过越不顺当,接下去的四年当中,三场人命案和一场大火,柴百万的百万家产给折腾了个精光,柴百万自己也一气之下跳河自杀了。

柴百万死后不久,风水先生又回来了。他到柴母的坟上去看了看,对人说:"我早就算定,风水宝地的坟上是不能长草的,但当时我留了一手,没把这说透,而是用吃完饭砸碗的办法,待砸破一千八百只碗后,将这些碎片碾碎,再拌上石灰,糊到坟头上,那就长不出草来了。哪想姓柴的这家伙却舍不得那几只碗,唉,真是贪小失大呀!"

　　风水先生来到柴百万坟前,默默地说:"还记得当时为了让我选风水宝地,你曾经对天发过的誓吗?你说你要是忘恩负义,那就天打五雷轰,不得好死。结果,天没打你,雷没轰你,这也许是老天爷太忙,一时忘了,不过你的死怕是怎么也算不上好死吧?说话不算数,这也是咎由自取呀!"

　　风水先生说完就走了。据说,他从此改行,再不给人看风水了。

　　人死后,要为他找一块风水宝地入土,这种文化现象的形成,关键在于活人想占死人的光。可是有些心术不正的人,往往因此适得其反。看来风水靠不住,重要的还在于"做人"。

(吴文昶　搜集整理)

(题图:俞耀庭)

# 线

# 娘

清朝年间,河南夏邑县有个年轻女子,名叫线娘,她不但相貌漂亮,而且心灵手巧,由于出身书香门第,所以还会做诗填词,写八股文。

当地一些博学多才的老儒,都对线娘赞赏有加,他们说:"这女子要是个男儿,必定平步青云,飞黄腾达。"

可是天有不测风云。就在线娘十七岁时,她父母相继去世了,好端端一个家,顿时就只剩下了线娘孤零零一个人。

线娘家隔壁,住着个叫李生的读书人。李家院子里有一棵高大挺拔的玉兰树,树枝直伸到线娘家的窗前,每逢开花时,香气四溢,十分诱人。线娘原本倒也没怎么在意,可如今孤身一人在屋里,所以寂寞不已的时候,就会近树楼台先得花,伸手从树上摘几朵玉兰花下来,独自欣赏。

一天早上,线娘正摘花时,正巧被李生瞧见,线娘顿时羞得面红耳赤,不知所措。

可是李生却毫无责怪的意思,反而向线娘作揖施礼,说:"小姐爱花,尽摘无妨。只是我孤身读书,没有先生指点,很想效仿以卫夫人为师的王羲之,也拜小姐为师,不知可否?还望小姐不要推辞。"说着,李生用一根长竹竿将他的文章挑到线娘窗前,求线娘修改圈定。

线娘起先极力推辞,但经不住李生再三恳求,只得收下文章,回桌旁细读。一遍读下来,线娘觉得李生很有才华,写的文章条理顺畅,词藻丰富,只有一二处小毛病,所以略作改动后,便将文章还给了李生。

李生看过线娘的修改之处,不禁拍案叫绝:"好,小姐改得好,太好啦!"

从此,李生和线娘就这么一来二去地交往起来,时间一长,双方感情不断加深,进而产生了爱慕之情。

这一天,李生忍不住给线娘写了封信,表达自己想求婚的意思。不想线娘却回给李生四个字:明媒正娶。李生心里真是既开心又焦急,开心的是线娘没有回绝他,焦急的是他不能马上把线娘娶回家。

李生脑子一转,就赶紧搬来一把梯子,靠上院墙,然后攀梯而上,越窗来到了线娘的屋里。他一把抓住线娘的手,说:"小姐,我对你爱慕已久,现在已经夜夜不能入眠,你怎么就不肯到我那儿去坐坐呢?"

线娘说:"我怕。"

李生问她:"怕什么?"

线娘说:"怕你们男人嘴甜而心不正。"

李生听了一愣,连忙双膝跪地,对天发誓:"我李生若对小姐有三心二意,定遭五雷轰顶,不得好死……"

这一来,线娘还能说什么呢?自然就投入了李生的怀抱,李生从此也天天以梯为路,来线娘家和她共享男女之欢。当然,他们彼此也有约定:不能长久如此,必须尽快托媒说合,早日迎娶。

可眼见得日子一天天过去,已经半年多了,李生这边却丝毫不见一点托媒的动静。线娘多次催促,李生满口应承,但结果都是"只听雷声,不见雨点"。

如此一来,线娘心里不禁起了疑惑。

就在这时,突然传来一个让线娘无比震惊的消息:李生居然已经背着她和别的女人成亲了,据说那女人是一个年轻貌美的富家女子。线娘得此消息,气得真想一死了之,可又觉得这样太便宜负心的李生了,此仇不报,自己死不瞑目哪!

线娘思来想去,决定强压怒火活下去,伺机报仇。可不幸的是,时隔不久,她就发觉自己已经有了身孕。这事儿非同小可:一个尚未出阁的姑娘怀孕生孩子,岂不被人耻笑?这样活着还有什么意思?羞怒焦急之下,线娘便悬梁自尽,结束了自己的一生。

李生猛听到线娘死了的消息,先是吃了一惊,但很快心里就乐开了花:这不挺好吗?以后就没人会再来找自己麻烦啦。

可谁知这天晚上,李生正独自在书房读书,准备参加即将开始的科考,忽见线娘向他姗姗走来,李生顿时惊得目瞪口呆。李生知道自己做下了亏心事,现在一定是线娘的鬼魂来找他报仇了,这可如何是好?

李生一急之下赶忙跪倒在地,一边叩头,一边求饶。

可是线娘脸上并无半点怒容,反而笑着将李生搀起,说:"李郎,你这是为何呀?我离开你多日,心里十分想念,所以特来看看,难道你不欢迎?"

李生一听，丈二和尚摸不着头脑，看着线娘问："你不恨我？"

线娘笑道："生死由命，富贵在天，我怎么会恨你呢？不但不恨你，我还要帮你呢，谁让我们曾经夫妻一场。这次科考，我定会在暗中助你一臂之力，你只管去考场就是。"说完，飘然而去。

李生对线娘的话将信将疑，可谁知后来，他果然在科考中得了个第一，中了举人，这下他乐坏了。

就在李生乐不可支的时候，这天，线娘又出现在了他的面前。线娘对李生说："李郎，你马到成功，可喜可贺，但不知下一步作何打算？"

李生踌躇满志地说："下一步当然是用心读书作文，以求考中进士，再……"

线娘没等李生把话说完，就向他摇头："考功名太苦。你考功名，不就是为了升官发财吗？何不趁现在走走关系，弄个地方官做做，哪怕倾家荡产，做官后加倍捞回来就是。这不更省力吗？"

李生一听线娘这话茅塞顿开，连连作揖道："多谢线娘指点！多谢线娘指点！日后事成，我李某定当重重谢你，决不食言。"

李生随后就开始四处找门路，上下打点，不久果然就弄到了个知府的官儿。上任之后，他便迫不及待地大肆搜刮民脂民膏，以中饱私囊，甚至还胆大包天接受强盗的巨金贿赂，徇私枉法，宽纵罪犯，因而激起了强烈的民愤。

皇帝老子在京城得知，拍着龙案怒喝："把这小子的头给我砍了，挂到城门上去示众！"

李生的官途终于到此戛然而止。

临刑前的这天晚上，线娘去了牢房，对李生说："记得你曾亲口许愿，事成之后定当重重谢我，怎么忘了？"

李生被线娘这一问，心里好不生气："都是你，害我落到这个地步，还要我谢你？你……你……"他气得捶胸顿足，懊丧不已。

　　线娘看着他,乐得哈哈大笑:"到今天这个地步,是你自找的。当初你把我逼上绝路,害我一命归西,我来到阴曹地府后,看到那几个被下油锅的鬼魂,他们在阳间有当县令的,也有做府台的,原本都是平民,可做官后就都忘了本分……所以我决定帮你做官。你若是走正道,那是百姓的福分;若是走歪道,那是你自寻绝路。现在好了,我的仇报了,恨也消了,你就等着明天上断头台,再下油锅吧! 那滋味虽说不太好受,可是你自作自受的呀!"

　　说完,线娘拂袖而去。

　　对生命不怀有敬畏之心,对恩人不怀有感恩之意,对黎民百姓不怀有慈悲之怀,这样的恶棍贪官,他们的罪恶岂是上一次断头台、下一次油锅就能一笔勾销的? 这则小故事警醒世人:事事皆有因果,请以良善之心对待生活。

(周廷湘　搜集整理)

(题图:俞耀庭)

# 鬼 推 磨

　　很久以前,大山脚下住着一对老夫妻,老头叫马六,老太叫伍妹,他们没儿没女,没田没地,每天靠做点豆腐卖来维持生计。

　　这天晚上夜深人静时,突然从门外传来一阵"呼呼呼"的声音。老太伍妹惊醒后细细一听,声音像是从磨房里传来的,她连忙推推老头马六,说:"老头子,听,磨房里有响声呢!"

　　马六不信:"你别疑神疑鬼,磨房里就那几斤泡涨了的黄豆,谁会去偷? 你就安心睡你的觉吧!"说完,他翻了个身,又"呼噜呼噜"地睡了过去。

　　可问题是,到了后半夜,老两口像往常一样双双起来去磨房磨豆子,可走进磨房一看,不由愣住了:浸泡在水里的两桶豆子,已经变成了一缸豆浆。这会是谁干的呢? 夫妻俩百思不解。

第二天夜里,马六和伍妹又被"呼呼呼"的响声惊醒了,他们立即起身,轻手轻脚地摸到磨房,一瞧,只见磨盘在转,却看不到人影,直到两桶豆子都磨成豆浆,磨盘才自己停止了转动。

夫妻俩不禁惊讶万分:这到底是怎么回事呀?难道出鬼了不成?第三天,马六使了个心眼,睡觉前把石磨上的木头轴心给拔了。他心想:没了轴心,我看你再怎么磨?可到了半夜,他和伍妹去磨房一看,石磨照样"呼呼呼"地转个不停,没多久就把豆子磨成了浆。

马六好奇地搬开磨盘,一看,石磨中央原本安轴心的窟窿里,插着几根稻草,夫妻俩顿时惊叫起来:"怎么竟有这么奇怪的事情?"他们断定,这推磨的不是神仙就是鬼。可他们与神仙非亲非故,跟鬼也没有什么交情,这到底是怎么回事呢?

马六和伍妹猜不透原因,可磨房里的磨盘天天夜里照旧自己转得"呼呼"响。几天下来,伍妹对马六说:"老头子呀,这推磨是个累活,咱老让人家白干总不是个事,得想点办法才是呀!"

马六说:"可不是嘛!我看这样,晚上你做些白面馒头放到磨房里去,也算是尽我们一点心意。"

别说,马六这一招还真灵!晚上他和伍妹把一大盘馒头放进磨房,等天亮去看,竟一个也不剩了;而放在那里的豆子呢,不但磨成了豆浆,还做成了豆腐,马六只要挑到集上去卖就成。

更让人吃惊的是,那些买主吃了马六这豆腐都说味儿特别好。这下马六和伍妹高兴坏了,两口子天天晚上往磨房里放一篮馒头,马六还常常在半夜里悄悄到磨房门口去听动静,他真想把里面的鬼抓住,哪怕只抓到一个,也好问清楚到底是怎么回事,可一次也没抓成。

后来,有个老道给了马六一张符,对他说:"你只要用豆腐渣搓一根三丈三尺长的绳子,再用它在门边下个套,贴上这张符,就准能把鬼抓住。"

马六见鬼心切,把符拿回家后,就开始照着老道教给的办法做,卖完豆腐后就用豆腐渣搓绳子。可他接连干了七七四十九天,三丈三尺长的绳子还没搓成。

这天晚上,马六和伍妹正在搓绳,突然进来一个小女子,对老两口说:"大伯,伯母,你们别忙活了,用豆腐渣是搓不成绳子的。"

马六和伍妹愣住了。

伍妹朝小女子看看,觉得有些面熟,便问她:"你是……"

小女子说:"伯母,我是婉儿呀!"

伍妹和马六大吃一惊:"婉儿？你就是村头严家那个婉儿？你不是已经……已经……"

小女子点点头,说:"是呀,我就是村头严家那个婉儿,我已经死了多日,现在成鬼了。"

马六指指磨房,问婉儿:"那……就是你跟他们一起帮我们推的磨?"

"是的,"婉儿又点了点头,说,"我受过你们很多帮助,我这也是为了报恩,这些小鬼都是我叫来的。"

听婉儿这么一说,马六和伍妹立刻想起了许多往事。

婉儿自小父母双亡,七岁时就做了严家的童养媳,可严家根本不把婉儿当人看,他们让婉儿整天不停地干活,给她吃的却是剩菜冷饭,穿的是破衣烂衫,稍不顺心就拳打脚踢。婉儿苦熬了五年,实在无法再忍受下去,在一次被毒打后就逃出了严家。可终究因为长期遭受虐待,身子实在单薄,婉儿跑出没多远就昏死在路旁,多亏马六发现后悄悄将她背回家,像待亲生闺女一样为她治伤,帮她调理身子。可谁知,待婉儿身子刚刚恢复,有一日不知怎么走漏了消息,严家来了一伙人,横眉竖目地硬把婉儿给抓了回去,还将马六痛打一顿。当晚,婉儿就投河自尽了。

鬼推磨的谜到此总算是真相大白了,马六不无感慨道:"原来鬼也这么讲情义呀!"从此后,他和伍妹不但每天夜里送更多的白面馒头到磨房去,而且还常常买些酒、烧些菜放在那里,犒劳婉儿和她的那些小鬼们。

大约过了半年,一天晚上,磨房里突然恢复了早先的平静,磨盘的转动声听不见了。第二天早上,马六和伍妹去磨房看,那些白面馒头竟一个未动,两口子心里不由一颤:莫非婉儿出什么事了?

三天后,马六晚上睡觉时做了个梦,梦见一位白胡子老头对他说:"婉儿让我告诉你们,她已经投生去了。她没能报答完你们的恩情,只有等以后再报了。"说完,飘然而去。虽说梦中之话不可全信,但得知婉儿已经投生,两口子也就放了心。

时隔三月,那天,马六家来了只狗,马六见它饿得皮包骨头,还被人打得遍体是伤,就留它在家里饱餐了一顿。哪知这狗吃饱以后竟不肯走了,马六和伍妹于是便将狗留了下来。不久,这狗渐渐长得壮实起来,身上换了一身油光光的毛,左邻右舍谁见了都喜欢。这狗也很听话,不但会看家护院,还会上山狩猎,而且经常帮马六和伍妹推磨。

后来,马六老死的时候,这狗跟着伍妹送马六上山入土,趴在坟前流了不少泪。打那以后,它就紧紧跟着伍妹,一步不曾离开,直到有一天伍妹也躺在床上起不来了,这狗就守在伍妹床前,伍妹不吃不喝,它也不吃不喝,伍妹断了气,它也跟着闭了眼。

事后,村里人把伍妹和马六葬在一起,又把那狗埋在他们坟旁,上面还特地立了块碑,上书四个大字:义犬之墓。

可不料,没过两天,碑上的字却变成了"婉儿之墓"……

一朝恩情,两世来报。鬼犹如此,人何以堪?

(宋路红)

(题图:俞耀庭)

# 秀才狗

有位秀才,三十多岁了还没有讨到老婆。不为别的,只因他对女方要求太苛刻:长相漂亮不说,还要对方不收他聘礼,而且每餐饭只吃三粒米。这种女人到哪儿找去啊?

可是忽然有一天,秀才被天上掉下的馅饼砸到了头,这样的老婆还真找上门来了。她长得简直是绝色,而且不要秀才分文聘礼,还不用吃饭,连那每顿的三粒米都省下了。

不过十来天后,秀才就对老婆起了疑心。原来,他老婆每天半夜都要出去一阵,问她,总说解手去了。秀才心里不由犯了嘀咕:不吃不喝还用拉屎撒尿?于是决定探个究竟。

这天夜里,老婆起身出门后,秀才便悄悄跟着也出了门。他发现,老婆果然没有去解手,也没有去村里任何一户人家,而是朝野外走去。

秀才心里越发生疑,便在后面一路跟着。

走了没多久,秀才见老婆在一座新坟前停下了。老婆一改平时莲步轻移的淑女形象,一双纤手插入坟堆,将埋在里面的死人挖出来,然后就大口吞食起来。

秀才看着这一幕真是又惊又怕,这才知道自己老婆原来是个鬼啊。他顿时吓得大叫一声,就晕倒在了地上。

为了掩人耳目,第二天早晨,秀才的鬼老婆便对邻居说,秀才有事出远门去了,她只好买条狗回来,帮她看家护院。其实,这条狗是鬼老婆使了法子将秀才变成的。

从此,可怜的秀才就成了一条狗。他只要一开口说话,就成了狗叫;眼睛一张,就成了狗眼瞧人;每天吃的是剩菜馊饭,看的是鬼老婆和形形色色的男人鬼混。秀才狗毕竟和鬼老婆夫妻一场过,所以这一切真是让他痛苦万分。他想起谚语里说的"眼不见心不烦",决定抛下几代人省吃俭用积存下来的家产,离家出走,让自己获得自由。

自由是个好东西,但自由毕竟不能当饭吃,而且秀才狗不知道自己该如何找到吃食填饱肚子,所以自由了三天,就气息奄奄地饿晕在了一个卖肉包子的小摊前。

摆摊老汉一看秀才狗这个样子,不免动了恻隐之心,于是就从蒸笼里拿出一只肉包子,丢在秀才狗面前。秀才狗一个激灵,猛一口就把这救命肉包子吞下肚去,并向老汉作了个揖。老汉一看愣住了,他大为惊异,心思一动,就决定把这条通人性的狗留下来。

就这样,老汉卖肉包子时就多了个帮手,他让通人性的狗帮他收钱。如此一来,老汉的包子铺立刻就热闹起来,好些人其实并不想吃肉包子,而是要试试这条狗是不是真的认识钱。有人拿一两银子买一个包子,有人用一个铜子儿来蒙事儿,这当然都没有难倒秀才变成的狗,他将他们的零钱找得毫厘不差,惹得包子铺前一片惊叹:"瞧啊,连狗都会做生意了!"

老汉善有善报,肉包子生意日益红火,三年后,一座像模像样的包子楼终于落成开张。

话说这个老汉,早些时候丧妻,留下一个独生女儿。这女儿从小喜欢旁门左道,当初老汉张罗着给她找婆家,小妮子竟不辞而别,说是要去学什么法术,长期云游在外。这次她在外面听说父亲生意做大了,肉包子喂狗喂出滚滚财源来,心里不禁暗暗称奇,所以特意赶回家来,想见识见识这条通人性、能认钱的狗。

女儿一进家门,老汉就向她夸秀才狗如何如何了得。可女儿掐指一算,对老汉说:"爹,你不知道,他本来就是人嘛!"

老汉一听,惊愕万分:人怎么可能变成狗呢?

只见女儿拿了块床单,朝秀才狗身上一蒙,口中念念有词了一会,然后一声大喝:"变!"她话音刚落,秀才狗立即恢复了人形,不过身上依旧裹着床单。

秀才跪在老汉的女儿面前,不肯起来。

老汉一看,赶紧去拿了套自己的衣服来,递给秀才,说:"别不好意思了,快快穿上,起来吧!"

可秀才依旧跪在地上,不肯起来。

老汉奇怪了,问他:"你连狗都做过了,还怕什么? 莫非你有话要说?"

秀才抬头看着老汉的女儿,说:"我要报仇!"

老汉的女儿一听,不由面露难色:"做你老婆的那个女鬼我认识,她手段很厉害。唉,不是我不肯帮你,实在是我的本事不如她啊!"

秀才很失望:"那……这可如何是好?"

老汉的女儿摇摇头,无可奈何地说:"看来……还得把你再变回去才行,否则我们父女俩性命难保。"

　　秀才一听，大惊失色："不要！不要啊！"他拼命朝女儿磕头，额头碰在地上，血流如注。

　　看着秀才这个样子，老汉的女儿把牙一咬，说："其实也不是完全没有办法，只是风险太大。也罢，这回我就豁出去了！"

　　秀才被逼到了绝境，做人做狗已经由不得自己选择，他也拼命一搏了，断然对老汉女儿道："如能报仇，我万死不辞！"

　　于是，老汉的女儿手画一符，将它烧成灰后，用雄黄酒冲在碗里，然后再三叮嘱秀才："只要能将这碗酒泼在你老婆脸上，要她变什么她就会变成什么。但若反之，后果不堪设想。"

　　老汉的女儿将这碗雄黄酒交给秀才之后，就和老汉做起了随时逃离的准备。

　　再把这故事继续说下去，可以说是多此一举，因为秀才那个鬼老婆就是再狡猾再厉害，可"明枪易躲，暗箭难防"嘛，她总有防不胜防的时候，所以当秀才终于把雄黄酒泼到她脸上的时候，就让她变成了一堆狗屎。

　　秀才最终夺回了自己的家产，经过这次遭遇，他再也不像以前那样吝啬了，后来还娶了个饭量挺大的老婆。

　　老汉的那座包子楼也如期开张，生意红火至今，成了名扬四海的百年老店。

　　故事虽然颇具喜剧色彩，但试想，秀才一开始若没有那所谓的苛刻选妻标准，又何来引鬼上身、惨遭变狗之耻呢？由此可见：画地为牢，自我束缚，可能就是悲剧的导火索。

（石连友）

（**题图**：黄全昌）